食道世風四講

谈吃与耳餐

李宝臣 著

江苏凤凰文艺出版社
JIANGSU PHOENIX LITERATURE AND
ART PUBLISHING, LTD

目录

谈吃与耳餐

今天聊的话题是“吃”，聊吃说吃，话题广泛，东拉西扯，即使说得口滑，听得过瘾，也不过是“耳餐”盛宴而已。袁枚《随园食单》反复强调饮食一定要“戒耳餐”。对于缺少美食经验又渴求美味珍馐的人，进行美食欺骗是很容易的。个人品尝经历简单，身心沉积不了太多的视觉与味觉记忆，自然唯耳是用，以耳代餐。现在新兴一个职业就叫说吃、谈吃，报刊也好，电视也好，大都设置“谈吃”、美食栏目，收视率与影响力长年不衰。何以如此？就是因为向往美食的、希望拓展美食认知空间的大有人在。

大家知道，一个人的味觉记忆是从幼儿味蕾最丰富时开始的。我常说，如果要成为一个吃主，得有个好爸爸。一般讲到好爸爸，不是有权就是有钱，但还得加上一条：好吃。你有好爸爸但他不好吃，也难以练就所谓的美食家。一个人如果在幼时味蕾最丰富的年纪，能够吃上各式各样的菜品，那么待到成年也就积累了足够多的视觉与味觉记忆。味蕾随年纪增长而衰减，成年之后，基本上下降50%，因此，一个人若在成长发育期缺乏美食经历，那么长大以后美味记忆同样是缺乏的。

个人对美食的视觉与味觉记忆积累如何，乃是自幼成长环境铸就的，包括地域、阶层、家庭、饮食态度等。吃喝寡淡乏味在绝大多数情况下是外在条件的限制，但这不等于就限制住对美食的欲望。越是吃得差，期待美味佳肴的心情可能越炽烈，一旦有机会实现，究竟味道如何，是满足？是失望？是不过如此？搜索味觉记忆，是熟悉的还是陌生的？会因人、因时令、因菜品质量而大不相同。

菜品一向存在名实之分。改革开放四十年，中国人彻底走出饥饿也不过三十几年，这三十几年当中的前二十年，可以说是全民胡吃海塞。这是对多年饥饿历史的报复。在大吃大喝浪潮中，一些缺乏美食经验的人，往往愿意听信“美食家”的说辞与指引。毋庸讳言，这些年“美食家”真的是如鱼得水大展身手。

我向来主张“说吃”贵在经验体悟，而非道听途说、添枝加叶甚至编造糊弄他人。“美食家”称谓极其无聊荒诞。世间学问类别甚多，做学问可以成家，但自幼成长过程中，因享受资源比较充分而铸就的吃喝经验优势，绝不是本事。称“家”实在恭维得让人害臊，一个人要真的吃过见过，说好听的是个吃主，更直白地说就是个吃货，或是饕餮之徒。

不管怎么说，天生本能，加上家庭饮食丰富多样的文化背景，养就好吃、讲吃、讲品位的习惯，个人的口感口味也断不能成为品尝美味的一般标准，尽管个人吃史辉煌令人称羡，也不过芸芸众生中的一张嘴。说实在话，说吃话题，因脱离饭局实景，融入了许多想象、夸张、故事与神话。

说到底，吃喝口感乃身内之物，谁也替代不了谁。吃喝是个实践问题，而非理论建构，说得再天花乱坠，听得再如醉如痴，未能实践同样枉然。就像文玩鉴定一样，听人说得再多，书读得再广，未经实物反复把玩，遇到假货赝品，照样上当受骗。世间没有哪一个菜能够通吃天下，人皆赞不绝口。凡是流传已久的成熟菜品一定是经过市场竞争优胜劣汰的结果，绝非“美食家”推介或专家评奖造就的。况且菜品名实之间相合相离，全在厨师手中，从来是具体的、一次性的。食材、技法达标则相合，否则相离。吃的是物，而非名。慕其名而丧其实，花了大价钱吃佳肴名菜，最悲哀的莫过于厨艺错乱，让美味荡然无存。

人们渴求美食美味，常常越出品尝本身，而更在意附于佳肴之上的名人、权势、财富等社会价值。因之，愈是扯上帝后、权贵、名人的复杂稀奇的美食解读，愈能欺世蒙人。就此准备了三个例证，逐一讲述。

举证一：活烧鹅鸭

唐代有位张鷟，所著《朝野佥载》卷二记载：

> 周张易之为控鹤监，弟昌宗为秘书监，昌仪为洛阳令，竞为豪侈。易之为大铁笼，置鹅鸭于其内，当中取起炭火，铜盆贮五味汁，鹅鸭绕火走，渴即饮汁，火炙痛即回，表里皆熟，毛落尽，肉赤烘烘乃死。昌宗活拦驴于小室内，起炭火，置五味汁如前法。

张易之、昌宗、昌仪三兄弟皆是武则天的面首，面首就是男宠。张易之为控鹤监。古人常称仙人骑鹤上天，因此以“控鹤”称皇帝的近幸或亲随。武则天时代的控鹤监是男宠集中的地方，由张易之与张昌宗掌管；张昌宗又掌管秘书监，秘书监负责藏书与编校书籍；小弟张昌仪任洛阳令。兄弟三人权势熏天，无所不为。人到了这种“自由”境地，突发奇想，即可以马上实施。

深入考察这一美食故事，立即疑窦丛生。大铁笼中间放火盆，旁边设五味汁盆，让活禽自己不断喝味汁增香而后烧熟。如果从表现张氏兄弟残忍、任性、自以为是与权势风光上讲，可以说是淋漓尽致；如果从美食意义上探究，不过是一种揶揄与讽刺。如此烹饪的结果肯定与美味无缘。

五味汁配方本书未做说明，只说把鹅或鸭关在这个笼子里面，让它一受热就喝盆里的汁，再走再喝，直至被烧熟。

举此例证，是我曾去西安时受到的启发。西安现在讲恢复汉唐雄风，我当时就跟朋友说，这真是有点想入非非。当今各地无不希望借重本地历史文化造势扬名，但要凭借文化厚度拉高经济与城市知名度，也要扬长避短。陕西本有地下雄风，何必再搞地上汉唐雄风。比如西安城墙修好了，那是明清的，钟鼓楼也是明清的。真正地面上的汉唐古遗存很少，况且汉唐长安比现在的西安大得多。现在尚存古代雄风的城市首推北京，北京元明清三朝地上遗存大量存在。

到西安去，朋友免不了饭局招待，席间聊天，谈起烤鸭，有位陪客说烤鸭如今已是中华美食名片，其起源应在西安。当代各地争名人、争名器蔚然成风，各地不乏高人引经据典，哄抬本地的文化高度。

持论烤鸭源自西安、起于唐代的历史根据就是上述张鷟的记载。我当时一听就乐了。我说这条史料实际上是在讽刺张氏三兄弟。首先，如果与烤鸭挂上关系，只是明火烧制的都是鸭子，其余烹饪细节看不出有什么关联。明火烧制肉类食材，绝非唐代才有，老祖宗从抛弃生食那一刻，用的就是明火烧物。其次，这则笔记并未记录味道，倘若以为鹅鸭喝了五味汁，烧熟后必有五味汁味道，那就是想当然了。其实活体动物遇大火只能在开始极短时间内喝香料汁，很快便被烧晕动弹不得，些许香汁尚停留在肠胃怎能化作肌肉香味？第三，鹅鸭活体烧死后，开膛拆解散发的一定是腥臭，让人倒胃，遑论垂涎。所以这条记载与其说在宣扬一种美食，倒不如说在讽刺张氏兄弟的无知任性与权势下的病态奢侈。把它与烤鸭起源扯在一起，完全是风马牛不相及。假如张氏兄弟创制的火烧鹅鸭是美食，那么以中国人从不放过美食机会的传统，它应该能流传至今。因为铁笼、炭火、鹅鸭皆为寻常之物，且制法简单，投入成本甚低。

这是第一个例子。

举证二：茄鲞

《红楼梦》大家都读过，第四十一回“栊翠庵茶品梅花雪，怡红院劫遇母蝗虫”（又作“贾宝玉品茶栊翠庵，刘姥姥醉卧怡红院”）讲刘姥姥在大观园家宴上吃了一道叫“茄鲞”的菜，大为赞许：

> 刘姥姥细嚼了半日，笑道：“虽有一点茄子香，只是还不像茄子。告诉我是个什么法子弄的，我也弄着吃去。”凤姐笑道：“这也不难。你把才下来的茄子把皮剥了，只要净肉切成碎钉子，用鸡油炸了，再用鸡脯子肉并香菌、新笋、蘑菇、五香腐干、各色干果子，俱切成钉子，用鸡汤煨干，将香油一收，外加糟油一拌，盛在瓷罐子封严，要吃时拿出来，用炒的鸡瓜子一拌就是。”刘姥姥听了，摇头吐舌，说道：“我的佛祖！倒得十来只鸡来配他，怪道这个味儿！”

俞平伯认为“茄鲞”只不过是曹氏开的一个美食玩笑，他曾经讲过：“小说上的食品不必真能吃，针线也不必真做，亦只点缀家常，捃摭豪华耳。”受此说启发，在此添些佐料，铺开讲讲“茄鲞”为什么是个玩笑。

首先，看其制法。中国饮食之道，历来讲究一菜一味。尝尽百味而非百味一尝。相比之下，成熟的什锦类菜品比较少，也难成为宴席上佳品。茄鲞用料过于复杂，以至分不清什么是主料什么是配料，这不符合国人美食追

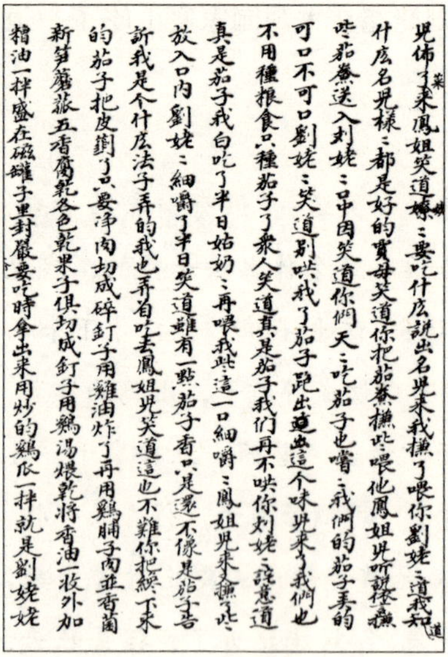
兒佈了菜來鳳姐笑道姥姥要吃什麼說出名兒來我搛了喂你劉姥姥道我知
什麼名兒樣樣都是好的賈母笑道你把茄鮝搛些喂他鳳姐兒聽說依言搛
些茄鮝送入劉姥姥口中因笑道你們天天吃茄子也嚐嚐我們的茄子弄的
可口不可口劉姥姥笑道別哄我了茄子跑出這個味兒來了我們也
不用種糧食只種茄子了衆人笑道真是茄子我們再不哄你劉姥姥詫異道
真是茄子我白吃了半日姑奶奶再喂我些這一口細嚼嚼鳳姐兒果又搛了些
放入口內劉姥姥細嚼了半日笑道雖有一點茄子香只是還不像是茄子告
訴我是個什麼法子弄的我也弄着吃去鳳姐兒笑道這也不難你把纔下來
的茄子把皮劉了只要淨肉切成碎釘子用雞油炸了再用鷄脯子肉並香菌
新笋蘑菇五香腐乾各色乾果子俱切成釘子用鷄湯煨乾將香油一收外加
糟油一拌盛在磁罐子里封嚴要吃時拿出來用炒的鷄爪一拌就是劉姥姥

《脂砚斋重评石头记》里关于“茄鲞”的段落

求与美食品尝的习惯。

袁枚《随园食单·变换须知》讲：“一物有一物之味，不可混而同之。犹如圣人设教，因才乐育，不拘一律。所谓君子成人之美也。今见俗厨，动以鸡、鸭、猪、鹅，一汤同滚，遂令千手雷同，味同嚼蜡。吾恐鸡、猪、鹅、鸭有灵，必到枉死城中告状矣。善治菜者，须多设锅、灶、盂、钵之类，使一物各献一性，一碗各成一味。嗜者舌本应接不暇，自觉心花顿开。”鸡脯肉、香菌、新笋、蘑菇、五香腐干、各色干果等配料与茄子的口感硬度相差甚远。

诸位也许有这样的烹饪经验：炸制食品，除非为了追求嫩白效果而使用动物油之外，一定要用植物油。动物油炸制食品的颜色永远是淡白的，而且表皮不如植物油炸的那样牢固焦脆。四五月的鲜嫩茄子切成碎丁，经过鸡油炸，表皮本来不牢，再经鸡汤慢火煨干，再用香油收汤，糟油搅拌，估计茄丁早已变成茄泥了。鲜嫩茄子实在禁不住长时间烹制与反复翻炒，况且还是碎丁，在配置干果的坚硬环境中，茄丁怎能保持身形完整？

凡是名菜，主、配料混搭一定分明得当。中国的菜品烹制，历来讲究软硬搭配适中。菜名决定菜品的主要内容，既谓之茄鲞，而茄子并未当家，倒变成了大杂烩中的一味辅料，可以想见，在入口之前，茄丁差不多已是混在干果、鸡丁之中的茄泥，不是筷子轻易就能夹起的。

“香油收汤，糟油搅拌”。香油大家都知道，是芝麻油，而糟油知道的人相对少些。糟油至少有两种做法。

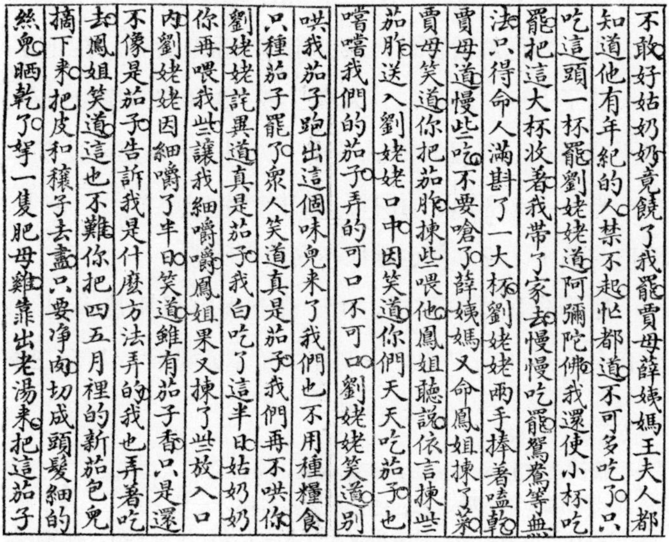
不敢好姑奶奶竟饒了我罷賈母薛姨媽王夫人都知道他有年紀的人禁不起忙都道不可多吃了只吃這頭一杯罷劉姥姥道阿彌陀佛我還使小杯吃罷把這大杯收着我带了家去慢慢吃罷鴛鴦等無法只得命人滿斟了一大杯劉姥姥兩手捧着嗑乾賈母道慢些吃不要嗆了薛姨媽又命鳳姐揀了菜賈母笑道你把茄胙揀些喂他鳳姐聽說依言揀些茄胙送入劉姥姥口中因笑道你們天天吃茄子也嚐嚐我們的茄子弄的可口不可口劉姥姥笑道别哄我茄子跑出這個味兒来了我們也不用種糧食只種茄子罷了衆人笑道真是茄子我們再不哄你劉姥姥詫異道真是茄子我白吃了這半日姑奶奶你再喂我些讓我細嚼嚼鳳姐果又揀了些放入口内劉姥姥因細嚼了半日笑道雖有茄子香只是還不像是茄子告訴我是什麽方法弄的我也弄着吃去鳳姐笑道這也不難你把四五月裡的新茄包兒摘下来把皮和穰子去盡只要净肉切成頭髮細的絲兒晒乾了拏一隻肥母雞靠出老湯来把這茄子

《戚蓼生序本石头记》里，将“茄鲞”写为“茄胙”

一种是清顾仲《养小录》所记，用香糟十斤[1]、香油五斤、盐二斤半、花椒一两拌匀，然后把四样混合物料倒入缸里，大缸底下放一个瓶子，瓶口蒙上纱布。放置九个月到一年，渗进瓶子里的油汁就是糟油。

另一种是用甜糟加上酒曲、酱油以及香料，封到一个坛子里头。封存大约也需九个月到一年，到时将清汤滗出。乾隆以后太仓糟油比较有名，《太仓州志》谓之“色味佳胜，他邑所无”。至于王熙凤所说的糟油是哪一种，则不得而知。

其次，看其存放。茄鲞集中大量制作，分期食用，明显存在着食品保质问题。在物流与食品保鲜技术贫乏的时代，罕见鲜活食材异地交流和反季节蔬菜。在北方，鲜嫩茄子上市时是夏初，天气已热，再用瓷罐密封保存，恐不能长久。况且开封后不是一次用完，而是随吃随取出一些，与炒鸡瓜子相拌。其中干果倒还罢了，香干、鸡肉与茄丁无论如何也难保不腐败变质。

追溯先民饮食习惯，由于受到保鲜保质技术制约，只在冬季过年前夕才集中制作大量荤素熟食，其余三季

---

[1] 我国古代计量方法历经多次改变，明代之后大体稳定，一斤为十六两，约 595 公克。两以下为十进制，一两十钱，一钱十厘。1959 年 6 月之后，计量单位才改为今天的一斤为十两，即 500 公克。——编者注

鲜见集中制作。曹氏故意将冬令菜肴移植到初夏，季节之间的巨大反差，恰恰留下了破解迷雾的玄机。

何为鸡瓜子？这些年也参加过一些烹饪方面的会议，说到鸡瓜子，有田鸡腿之说，亦有鸡腱子肉之说。我非厨行中人，也不做中国饮食烹饪史研究，只不过有些好吃而已。我常想，茄鲞既然是曹雪芹的创作，那么一定要了解当时的饮食文化背景，谈吃喝一定要结合当时人的生活情趣与生活习惯。如果脱离了小说创作的时代、地域场景，则变成纯粹的“物种之争”。倘若对历史上曾经流行的菜肴和旗人的饮食习惯有所了解，就很容易知道炒鸡瓜子是野鸡丁炒酱瓜，又称山鸡炒酱瓜。炒鸡瓜子是一种北京旗人喜爱的冬令佳肴。比如说快过年了，旗人家庭预备的过年菜品，基本上就是现在大家都知道的芥末堆、鸡鱼冻、豆酱等，其中有一项是必备的，就是山鸡炒酱瓜。这些预制的小菜大都储存于坛罐之中，以备正月节日期间食用。

“瓜”有两重含义，一是指酱瓜，二是指去皮骨撕下的野鸡肉形似瓜条。山鸡系指产自东北的野鸡，满洲人迁居北京后，野鸡不大好找了，渐渐地改用里脊肉替代，或里脊丝炒酱瓜丝或里脊丁炒酱瓜丁，很少见用鸡肉炒制。讲究的酱瓜一定要选用六必居的，上乘的是大兴产的“五道眉”，瓜短粗、身有五棱；稍差的用大兴产的“八道棱”，瓜个头较大。两者相比，“八道棱”做出的酱瓜不如“五道眉”的脆。为什么要在年前把这些菜都做好？我们中国过年的传统禁忌是初一到初五之间不动刀，以免伤害祥和，因之，主食也好，副食也好，都要在年前预备好。来了客人留饭，将预备的芥末堆也好、豆酱也好、炒酱瓜也好一并上桌，先喝酒。然后热炖肉之类的肉食，以及馒头豆包之类的主食，酒后吃饭，主客尽欢。所以谈先民饮食，还是要了解当时人的习惯。《红楼梦》描写的贾府，生活习俗基本上是旗人的，仅从人物称谓上就足以展现旗人风范。比如宁府的贾珍不称贾大爷，而称珍大爷；王熙凤乃贾琏之妻，不称贾二奶奶，而称琏二奶奶，这是典型的旗人略姓以名行世的称谓习惯。至于饮食方面的描写，亦显露旗人偏好，譬如烧鹿肉。

《红楼梦》出现炒鸡瓜子并非仅有一次。第四十九回“琉璃世界白雪红梅，脂粉香娃割腥啖膻”描写雪后李纨、宝玉等人约请亲眷客人邢岫烟、薛宝琴、李纹、李绮到芦雪庵聚会作诗，当日一早，宝玉因性子急，只拿茶泡了一碗饭，就着“野鸡瓜子”忙忙地吃完，就赶去了。曹家从龙入关，隶属内务府旗籍。旗人饮食喜爱野味，清《调鼎集》载其烹饪之法：野鸡瓜，野鸡去皮骨切丁，配酱瓜、冬笋、瓜仁、生姜各丁、菜油、甜酱或加大椒炒。

其三，看其流传。《红楼梦》在刊行前就以钞本流传。

从今天可知的乾隆十九年（1754年）脂砚斋评钞本算起，到20世纪80年代已经二百三十年。退而论之，即便说钞本流行不广，不足以引人关注，那么乾隆五十六年（1791年）经程伟元、高鹗整理排印，《红楼梦》步入印刷传播时代，以此为起点到20世纪80年代也将近二百年。为什么二百年间，经过这么多的红学迷恋者，这么多饕餮之徒，这么多达官显贵，这么多文人雅士，这么多身怀绝技的厨师，都没能如法炮制出这道茄鲞，将其送上餐桌，怎么会在20世纪六七十年代社会普遍拒绝美食、批判美食的时代刚刚过去后，这道菜竟然堂而皇之出现，成为叫响的美食？真的令人百思不得其解。

众所周知，国人一向不会放过制造美食的机会，倘若此菜真的好吃又高档，说句实在话，不用等二百多年，应该是紧随《红楼梦》问世就能出现。我生得晚，吃过的馆子也少，在“文革”之前从未听过这道菜，更谈不上品尝。这道菜之所以被推上餐桌，1987年的《红楼梦》电视剧功不可没。不过也只是响亮一时，如今基本销声匿迹了。

茄鲞问世后，曾吃过三次，一次在大观园红楼宴；一次在中山公园来今雨轩；还有一次在南城的致美斋。这三家的炒法大同小异，够不上美味，也谈不上特色，最关键的是没有一家能完全忠实凤姐菜谱。不外乎茄丁、笋丁、鸡丁与几味松仁之类干果炒制，取其名义而已。说白了就是个炒杂拌。也许厨师最明白其中奥妙，食材芜杂，程序错乱，不但难以操作，也不会生出美味。所以讲这是个美食玩笑。

其四，看其命名。“茄鲞”命名也很奇怪，只要不陷于“耳餐”的唯美想象中，就上不了当。“鲞”本指干鱼、腊鱼，使用中扩延，泛指成片的腌腊食品。如市面上常见的笋鲞、牛肉鲞等。可见，茄鲞与此无缘，既非腌制，又非干制，也非片形。以曹氏运用语言文字的老道，断不会出如此纰漏，一定是故意卖个破绽，就看读者上不上当了。

“茄鲞”出自王熙凤之口，戏弄对象是刘姥姥。王熙凤号称“凤辣子”，不但精明强干、心狠手辣，又是造段子玩笑的高手；刘姥姥则是一位饱经风霜、老于世故的农村老妪，自从攀上荣国府以后，一直是被捉弄与调侃的对象。本回的前一回“史太君两宴大观园，金鸳鸯三宣牙牌令”交代得十分清楚：凤姐与贾母大丫鬟鸳鸯定计设局，要拿刘姥姥当“女篾片”，“拿他取个笑儿”。“篾片”也称“清客”，豪门巨富家的帮闲人物。穷人需要帮忙，豪富家则需要有人陪伴，消磨闲暇时光。

随后，在吃饭饮酒刚一开始，就糊弄刘姥姥当席站起，喊出“老刘，老刘，食量大如牛，吃个老母猪，不抬头”。而后站在那里鼓腮不语，引得众人笑得前仰后合。着实拿她玩笑一番。刘姥姥机敏而老道，明白来荣国府求助，假如不能博得主人欢心，就要空跑一趟。所以装疯卖傻，甘愿充当众人的笑料。在大观园的家宴上，凤姐利用刘姥姥发蒙求问之机，对着宴席上贾家人再熟悉不过的菜品故意添枝加叶，东拉西扯，极尽哄弄噱头之能事。她越说得天花乱坠，越显出“凤辣子”诙谐好事的本色；刘姥姥越是摇头吐舌信以为真，越能哄得贾母与众人开心。实际上，“茄鲞”之说不过是“食量大如牛，吃个老母猪，不抬头”取笑逗乐的继续。对于这样一位平日里粗茶淡饭的乡间老妇，偏偏要介绍这么一道复杂的菜肴，不是调侃又是什么？玩笑的前提就是刘姥姥缺乏美食经历。

其实，曹氏塑造刘姥姥，也没有让她完全相信茄鲞是难得的美味。为什么这样说？刘姥姥听完凤姐解说之后摇头吐舌，说道：“我的佛祖，倒要十来只鸡配它，怪倒好吃。”言外之意：我要有十来只鸡，不如就直接吃鸡肉得了，做什么茄鲞？既麻烦又浪费。穷人消费观念更讲究实用。

就此话题还要多说两句。《红楼梦》因版本不一样，内容也不尽相同。晚清有正书局印行的戚蓼生序《石头记》与1986年国家图书馆影印的蒙古王府本《石头记》，这两个本子里记作“茄胙”，制法与茄鲞显然不同，于此有必要移录其文。

戚序《国初钞本原本红楼梦》四十一回：

凤姐笑道：“这也不难。你把四五月里的新茄包儿摘下来，把皮和穰子去尽，只要净肉，切成头发细的丝儿，晒干了，拿一只肥母鸡靠出老汤来，把这茄子丝上蒸笼蒸的鸡汤入了味，再拿出来晒干。如此九蒸九晒，必定晒脆了，盛在磁罐子里封严了。要吃时，拿出一碟子来，用炒的鸡瓜子一拌就是了。”

四五月的鲜嫩茄子是难显瓤子的。倘若切开显见瓤子，那一定是老茄子，剔籽去皮也剩不下多少整料“切成头发细的丝儿”，如此叙述可能就是故意留下破绽。大家设想一下制作情景，“头发细的丝儿”即使晒干有些韧劲，怎能禁得住老鸡熬汤耗干了再“九蒸九晒”，反复折腾？这不是没事找事故弄玄虚，枉做无用功吗？非要把好好的食材变成一堆烂泥。

既然是故意玩笑，必须要有相当的真实基础，缘此夸张造势，让人在疑信之间选择。元代佚名的《居家必用事类全集》己集所记“造菜鲞法”：“盐韭菜，去梗用叶。铺开如薄饼大。用料物糁之。陈皮、缩砂、红豆、杏仁、花椒、甘草、莳萝、茴香。右件碾细，同米粉拌匀糁菜上。铺菜一层，又糁料物一次。如此铺糁五层。重物压之。却于笼内蒸过。切作小块，调豆粉稠水蘸之。香油炸熟。冷定，纳磁器收贮。”

茄胙与“盐韭鲞”相比，都用了蒸晾，最大不同是“盐韭鲞”用各种配料碾磨成粉，包住韭菜叶，只经一次锅蒸，然后裹粉油炸，密封储藏。茄胙则无粉包与油炸程序，只放大了蒸晾次数，显然是故意为之，让人倍感稀奇难得。

这是美食玩笑的第二例。

举证三：镶银芽

当代只要说到享受的事，大都要挂上乾隆、慈禧，仿佛不挂上这两位，就不能彰显尊贵珍奇。譬如社会流传的慈禧美食“镶银芽”。所谓银芽就是大家常吃的豆芽菜。豆芽在馆子里出售不叫豆芽，而称掐菜。一般家庭食用豆芽，没有那么多闲工夫，也不愿浪费，不择去头尾；饭馆炒菜得讲美观，豆芽掐头去尾留中段，所以称掐菜。

镶银芽如何炒制？据说是预先调味制作鸡泥，然后穿针引线，线在鸡泥里一过，粘上鸡泥，竖穿豆芽，就把肉带进豆芽中间，随后烹炒，鲜香异常。

显然，这道菜无论制法还是食材，都极其简单，实际上突出的是烹饪上的费时费工精雕细琢，让人称羡慈禧太后在饮食上讲究精致。听来不错，如果仅停留在耳餐，并无纰漏。但若依法操作，似乎不能完成。豆芽不像空心菜、藕节那样是中空的，不但纤细，而且非常脆，更不是笔直的。当用针竖穿豆芽时，因截面积极其狭小，稍微一使劲豆芽就折断了。退一步说，豆芽即使禁得住，针能穿过，鸡泥也不能留在豆芽之中。这是一个简单的物理问题，线占据了针挤出的空间，鸡泥一定被滗在外面。

镶银芽这道菜，我幼时曾听前辈吃主说起过，记得好像是以掐菜串在挂浆调味后的里脊丝或鸡丝中间，与肉丝形成十字，然后爆炒。至于味道，并没听到有何佳评。三十几年前，我的一位好吃好做的朋友曾以此法做过一次，真没觉得将豆芽与肉丝捆绑一起，味道发生了变化，仍不过是肉丝炒掐菜而已。

我猜想镶银芽这道菜倘若能如所说的制法完成，使用的可能不是豆芽而是银苗菜。刘若愚《酌中志》卷二十“饮食好尚纪略”讲：“银苗菜，即藕之新嫩秧也。”银苗菜的称法很多，诸如藕鞭、藕带、藕苗、藕梢、藕心菜等。因其中间多孔，不但比豆芽粗许多，而且较韧，填充鸡泥不算费劲。刚刚讲过对于一位缺乏美味品尝经历的人，进行美食欺骗是极其容易的。说吃、耳餐与烹饪、品尝之间存在相当距离。谈论或文字描述的美味不一定都能在烹饪上完成。

第一讲　炒——中国独具的烹饪技法

回首中国烹饪技法演进历程，可以粗分五个阶段：烧、煮、蒸、炸、炒。现就此五法，分别简单解释。

烧

烧最原始，是人类从生食迈向熟食的第一步。烧无需器皿，食材架于火上或裹泥投入火中即可。自从人类知道保留火种或钻木取火后，就进入熟食时代，古史燧人氏即是标志。烧至今流行，也受人喜爱，前些年流行韩国烧烤即是一证，方法比较原始。

严格地说，烧没有什么技术含量，后世凡属烧的名品，譬如令人称道的烤鸭、烤全羊之类，技术绝活并不在烧上，而在食材前期调味与食用佐料的不断丰富上。烧法相对简单，不外是对火力与时间的控制，在此举烤乳猪为例。

烤乳猪现在人们大都以为是粤菜上品，这多少有点少见多怪。实际上，烤乳猪的历史极其悠久。《周礼·天官·膳夫》谓“珍用八物”：淳熬、淳母、炮豚、炮牂、捣珍、渍珍、熬珍和肝膋，其中炮豚与炮牂分别就是烤乳猪与烤母羊。当然烤法与今不同，采用黏土、芦苇包裹。当代最能体现这一烹饪方式的是常熟叫花鸡。乞丐的生活状态比较原始，所以能延续古风，烹饪不借助器皿。餐桌上的叫花鸡经过深度改进，母鸡膛内填香料，外包荷叶，再裹泥烤熟。

烤乳猪远不如烤鸭流行，关键在于烤乳猪与烤鸭一样，都是烤后即食佳肴，放凉风味顿失。烤乳猪造价较高，同时不易保存风味。北京的旗人，尤其满人比较爱吃猪肉，上烤乳猪的宴席，一般称为满汉大席，很受追捧。一般来说，能吃上烤乳猪，都在高档宴会上，平日饭庄散客零点是没有这道菜的。既然烤乳猪受人喜爱，商家迎社会需求而上，制作出炉肉。炉肉又称烤方。既然烤乳猪成本高、价格贵，很难一下子售罄，因此缩小体积重量，选猪肋条较嫩部分切成方块，搁到类似烤鸭炉里烤。最好用柏树枝与梨木做燃料。

烧乳猪要求用十斤上下的猪，宰杀开膛，取出内脏，剔出猪脑。然后搁上盐、各种香料揉搓后洗净，用沸水淋皮，使之收紧变硬。烤时用铁叉从臀部串至腮部，涂刷糖醋，先烤内膛，再反转烤皮。北魏贾思勰《齐民要术·炙法第八十》讲炙豚法："缓火遥炙，急转勿住……清酒数涂以发色，色足便止。取新猪膏极白净者，涂拭勿住。若无新猪膏，净麻油亦得。"品相"色同琥珀，又类真金"；味道"入口则消，状若凌雪，含浆膏润，特异凡常也"。烧乳猪分光皮与麻皮两种：光皮的历史悠久，慢着火涂油少，品相光亮惹人喜爱；麻皮的晚出，旺火急烧，反复涂油，表皮因油爆而产生气泡，使皮层酥脆，口感更佳，广受食客欢迎。

煮

煮必须有容器。史称"神农耕而陶焉"，神农氏时代产生了种植业，同时发明了陶器。陶器的显著功能概括起来不外三点：其一，使烹饪技法更进一步，煮成为熟食的主要方式。其二，促成了发酵法，使食物长期保存成为可能。凡是跟发酵有关的汉字，基本上都是酉字边，比如醋、酒、酱、醢、醯、酪等。酉是陶器的一种，敞口下尖，半埋土中用于食材发酵。食物保质对于人类十分重要，有了此法便可集中储存食物，大大减低觅食频率；其三，熬盐得以出现。盐乃百味之王。佳肴美味最基本的三大要素是油、盐、糖，烹饪时这三项使用得当，不靠其他佐料也能弄出不错的味道。

中国人日常主食有许多是煮制的，诸如面条饺子之类。其他煮制的风味佳肴太多了，现简单介绍几样：涮羊肉、爆肚（汤爆）、文思豆腐、氽大甲、斑（鲃鱼）肝汤与白煮肉。

火锅通行全国，各式各样数不胜数，南方叫打边炉。特别在淮河以南，冬天潮冷，屋里没有暖气，弄个盆炭火锅，涮煮食材，吃起来热乎乎，很为惬意。北京流行的冬季美食当属涮羊肉。徐凌霄《旧都百话》讲，羊肉锅子为岁寒时最普通之美味。乃是北方游牧遗风加以研究进化，而成为特别风味。当代有了空调，一年四季都可以涮。过去立秋以后才开始涮肉，暑热天很少有人食用。

涮肉的关键在于肉。今天的牛肉也好，羊肉也好，由于是养殖的，所以比过去的肉嫩了许多。养殖的牛羊不怎么吃草，主要吃配制饲料，不那么膻，吃起来味道也不错。但是从物种自然成长与养殖催生成长上比较，现在的羊肉味道显得稍差，毕竟羊肉是伴随膻气的。再者，养殖的牛羊肉质嚼劲不足，肉放入锅中，怎么煮，捞出来照样能咬断。这样就失去涮的意义。过去正阳楼、东来顺的肉再好，在锅里煮久了，也嚼着费劲。涮就是对水温和入水时间的掌握，与氽、水爆、烫、灼、滚等都是短暂的水滚，属于近似的"火候"类别。

假如把肉搁在滚水里时间久了，那就不是涮，而是煮或熬了。涮肉也讲羊体的部位，分上脑、前腿、后腿、黄瓜条、磨裆、大三叉等名目，部位不一样，肥瘦老嫩不一样，价钱也不一样。要说嫩，当属上脑脖颈后的肉。要讲肥，羊尾之外，当属大三叉，就是尾巴上头这一块。

至于佐料，大家都知道，芝麻酱、韭菜花、香菜、葱花、辣椒油、酱油、虾油、酱豆腐、糖蒜，现在添了鱼露等。东来顺是涮肉名店，之所以从食摊做大，有其经营上的过人之处，同时也有其调味的绝活。开饭店总要让你吃过还想再吃，自然在调味上下功夫。东来顺的韭菜花里头有酸梨。酸梨又称烂酸梨，酸度较高，产自燕山一带，可谓北京特产，是冬令时节的廉价水果。酸梨的特点，是熟透后很软，吃到嘴里头有麻渣之感，仿佛沙粒一般。把它掺入韭菜花当中增加水果酸香，有助解腻。此外，酱油也是自制的。现在的酱油种类繁多，生抽、老抽、海鲜、豉汁之类，还有从日本传进的味淋等，五花八门，进了超市目不暇接。东来顺的自制酱油是伏天晾酱时收集起来的酱汁，再搁上茴香、八角、甘草等香料封存一阵，到涮肉季节开封食用。那是纯正的黄豆酱油。

现在的涮肉买卖做得有点不讲道理。我们中国过去讲儒商，做买卖是很讲究规矩的。吃涮肉，以盘计量，老秤十六两一斤，四两一盘。衡器改成一斤十两后，仍是四两一盘，但每盘的实际重量增加了。锅底单收费合理，譬如一人只吃一二盘，锅底费用比例很高，若不收费，店家就赔了。而佐料单收费则有悖常理。过去无论到哪家馆子吃涮肉，佐料都是免费自取，你要是熟客，跑堂的知道你的习惯，能代为效劳；生客一般自己调，愿意搁什么就搁什么，不够再添，没有二话。吃涮肉不是吃白水煮肉，佐料必不可少，是捆绑为一体的，所以单收费有悖人情。这犹如炒菜，吃个酱爆肉丁还要单收酱、油、葱、姜等调料费一样荒诞。还不如索性提价，将佐料费用摊入盘肉之中，如此店家不见得减少收入，又能收买人心。怕就怕打着佐料入肉旗号提价后不久，就又单收佐料费。当代中国的餐饮服务业使用“黄宗羲定律”，可谓驾轻就熟。单收费的调料碗汁一般都是预先统一配制的，大大忽略了口味多样性。人有不吃辣的，有不吃韭菜花的，有喜欢吃韭菜花要多搁的，也有虽不喜欢也搁些借味的，一法难调众口。说直白些，我花了钱，凭什么由你做主？

爆肚过去是街边食摊与小馆的吃食，主顾主要是贩夫走卒。爆肚进店经营，店面也是小而脏兮兮的。风味小吃总是伴随历史风情，吃的是物，也是记忆。在什么环境下吃什么东西。比如在装修豪华的殿堂弄一碗爆肚吃，总觉得哪里不对劲；爆肚还是在散发着淡淡油腻与腥膻的氛围中吃起来味道更好。

爆肚吃的是全羊胃。羊是反刍动物，四胃分别称瘤胃、网胃、瓣胃和皱胃，部位不同名称各异。食管到瘤胃有一段叫食信，与之相连部位叫肚领，出料很少，肚领去皮叫肚仁，据说四个羊肚才够一盘肚仁。带着草牙子的叫肚板。重瓣胃称百叶，又叫“散丹”，即表面点点滴滴的小疙瘩仿佛密布的丹丸颗粒似的，故此得名；又称“三袋”，这很形象，即羊胃的第三部位。此外有葫芦（网胃）、蘑菇（皱胃）、蘑菇头（皱胃连肠的部位）等名目。其中肚仁口感最佳、价钱最贵，其次是百叶。像肚板、蘑菇，吃起来意思不大。

爆肚口感如何，主要取决于对水温的把握。比如爆蘑菇，水不能滚开，温度掌控在八九十度。要是肚板，水就得滚开。水温是一方面，入水时间与次数是另一方面，全在厨师经验。过去卖爆肚的小贩，一般都是推板车停在酒馆门前，喝酒的人进门时叫一份，由摊主爆好端进去。

时下的爆肚，牛百叶大行其道。过去耕牛珍贵，吃牛肉的很少，因之也无从吃牛胃。现在养殖牛羊已成巨大产业，牛肉多了，牛肚自然要找出路。养殖的牛肉嫩，胃照样也嫩，所以替代羊肚也非难事。

饭庄大馆也做爆肚，与食摊小馆大不相同。譬如山东馆子的爆肚分三法：油爆、盐爆与汤爆。油爆，用肚仁挂浆爆炒，放香菜梗；盐爆，肚仁不上浆直接爆炒；汤爆，与寻常爆肚毫无二致，只是配卤虾油食用。同样的技法也可以做猪肚。

在食物短缺、粮油肉蛋等凭票购买的时代，爆肚这种寻常小吃几乎绝迹。改革开放以后，许多公私合营后消失的爆肚小店、食摊纷纷恢复，一时间媒体饮食节目也跟着凑热闹，将爆肚的技法与味道吹得玄妙诱人。

其实这不过是广告而已。自古以来同业之间难见互相吹捧，大多数情形是互相贬低。为了盈利必须自我吹嘘，当代不乏企业斥巨资打广告，却未能使产品畅销以致破产的事例。从咀嚼感上看，养殖的牛羊肚比自然成长的要嫩，对爆的技术要求也不那么严格。爆肚无论现代的还是传统的，实际上都嚼不碎，毕竟胃乃消化器官，组织韧性较大。爆肚吃到嘴里，在似断不断之际就得咽下，久嚼必使汤汁佐料香味退尽，只剩下皮筋般的肉团，那就不是咽而是吐了。用粗嚼快咽形容吃爆肚比较恰当，要的就是这种感觉。爆肚的佐料包括酱油、米醋、芝麻酱、香油、酱豆腐、虾油、葱花、香菜、蒜汁与炸辣椒油。夹起一两块蘸满佐料，带些香菜、葱花迅速入口。

佘大甲，大甲指的是螃蟹的钳子。北方吃螃蟹讲究七尖八团，阴历七月吃尖脐（雄）的，八月吃团脐（雌）的。南方则九团十尖。旧日北京吃螃蟹的最佳去处是前门外的正阳楼，正阳楼本是鲁菜馆，却以涮肉与螃蟹闻名。听老辈吃主说，东来顺初办时的涮肉远不及正阳楼。

螃蟹品种甚多，河蟹以长江下游的固城湖蟹、太湖蟹、高邮湖蟹、阳澄湖蟹、万蟹楼蟹、兴化蟹、洪泽湖蟹等为有名。不过在物流不便时代，北京人只能就近选择相对质优的白洋淀东淀胜芳蟹。夏仁虎《旧京琐记》谓正阳楼“蟹亦有名，蟹自胜芳来，先经正阳楼之挑选，始上市，故独佳”。正阳楼为食客准备了砧、小锤、钎子等拆蟹工具。

北方人吃蟹的本事远不如江浙人。有一年深秋我到上海办事，某天在饭店附近的一个饭馆吃午饭，邻桌一位老者的桌上放着一张报纸、一瓶老酒、一只闸蟹、一个凉菜，边喝边看边吃正悠然自得。等到晚上我再去吃饭时，见他仍在那里，酒已下去多半瓶，剥剩的蟹壳整整齐齐码在桌上。我十分惊奇，真的见识到了食蟹的精致。而我往日食蟹方式的粗放，只能算是糟蹋了。

梁实秋《雅舍谈吃》说，在正阳楼食蟹后别忘了要一碗汆大甲汤。蟹钳由厨师剥壳，高汤汆蟹肉，“撒上香菜末与拍碎的回炸过的老油条”。动作一定要迅速，否则肉就失去鲜嫩。这里所说的老油条，系指炸麻花，并非今日流行的大油条。20世纪50年代以前，北京早点的炸货流行炸油饼、糖油饼、薄脆、麻花儿与油炸鬼。油炸鬼是通行南北的条状炸货的叫法，如今多已改称油条，形状也趋于统一，多是将近一尺的两股相连的长条。

北京昔日的油炸鬼分大小两种，较大的呈长径二十来厘米的较细椭圆圈，小的呈直径十来厘米的圆圈，今日则称之焦圈。油鬼无论大小，用料制法类同，都是面粉、食盐、明矾、碱与水根据季节按比例和成，做成长条小剂子。两剂相叠，中间切一刀，两端不断，抻开放入油锅，迅速用筷子从中间撑开，小的撑成圆形，大的撑成椭圆形。

氽大甲并非正阳楼独门美味，在食蟹季节，只要售卖蟹菜的饭庄，应顾客之请皆可烹制，毕竟技法简单，要求的只是剥壳细致与火候准确。不可否认，几十年前，随着饮食简约革命化与农药大量使用，生态逐渐恶化，北方稻田、河沟、湖泊的螃蟹越来越少，乃至成为稀奇之物。因之，氽大甲也消失了多年。如今有热爱美食之人按梁之记录的技法仿制此菜，回炸的“老油条”用的是当代的油条，这似乎有些唐突。当代的大油条在民国年间的北京极为罕见，有的虽也可称之油条，实际上指的是油炸鬼或是麻花儿。梁实秋《雅舍小品》三集“烧饼油条”说：“我生长在北平，小时候的早餐几乎永远是一套烧饼油条——不，叫油炸鬼，不叫油条。”又说：“回锅油条、老油条也不是味道，较硬有余，酥脆不足。”

余大甲最后放入的是拍碎回炸的麻花儿。麻花儿质地密实，因在和面时加入了植物油，所以，炸好后长时间放置，也能保持酥脆。拍碎的麻花儿复炸，碎块内油质与油直接碰撞，延续并强化了自身特性。撒入热汤之中，不但能较久保持酥脆，而且身形不乱，足以让本菜的观感、气味、口感、齿感配合俱佳。

文思豆腐是淮扬名菜，烹饪技法属于煮的范畴。相传乾隆年间，由扬州文思和尚创制。俞樾《茶香室丛钞》谓：“文思字熙甫，工诗，又善为豆腐羹、甜浆粥。至今效其法者，谓之文思豆腐。”

豆腐，古称“福黎”，自西汉淮南王刘安始，至今已两千余年。豆腐乃素食菜肴的佳品，因点卤或石膏的多少，而有南北之分。南豆腐用石膏少，水含量大，细嫩松软；北豆腐点卤较多，水含量小，质地硬紧。文思豆腐用南豆腐切成丝，先清水过一遍，再用鸡汤焯去其豆腥气后，倒入火腿丝、鸡丝、蘑菇丝、冬笋丝、青菜丝等调制的汤中。

文思豆腐与其说卖的是味道，不如说卖的是刀工。软嫩豆腐切成火柴棍似的细丝而不断，这不是一般厨师所能做到的。

文思豆腐是否始自文思和尚，很有些疑问。文思既是佛教中人，必遵教规食素，怎么能用火腿、鸡肉？也许当初只有蘑菇、冬笋与时令青菜。应该说文思豆腐与淮扬名菜“大煮干丝”是一组对照鲜明的同类佳肴。大煮干丝用豆腐干，淮扬当地俗称方干，刀工与做文思豆腐一致，也是横片竖切，要求细而不断。做法也类似，只不过是用鸡汤加上开洋（干虾仁）与火腿等丝一道大煮而已。

文思豆腐之称，我以为可能与历史上一个负责宫廷器物制作的机构有关系。唐武宗年间设置“文思院”，负责制造金银器，北宋延续之，且职能扩展。《文献通考》卷六十“文思院”讲：“掌造金银犀玉工巧之物、金彩绘素装钿之饰，以供舆辇、册宝、法物及凡器服之用。”《宋会要辑稿·职官》谓其统辖四十二作。作即作坊。南宋都临安，仍设文思院，规模进一步扩大，到末期咸淳年间，累计达六十二作。文思院容纳各类手工业作坊，产品种类齐全，质量上乘。其中丝织品为大宗，高产时一年织绫一千一百多匹，用丝三万五千多两。明朝亦设文思院，隶属于工部，只不过管辖项目大大缩减。用“文思”命名此类豆腐佳肴，准确地传达了厨艺的工巧绝伦：豆腐丝细如茧丝，洁白如玉。《调鼎集》则称之“什锦豆腐羹”。

文思豆腐属于半吃半喝的老人菜。清朝官场吃喝乃是惯例，尤以大运河沿线的河道、粮道、盐政等衙门以及盐商、官商更盛。一般来说，能经常参与盛宴的官员、富商大都不会很年轻。民国以前中国人的平均寿命不过三十几岁，“老掉牙”的年纪大为提前。四十几岁人便自称老夫，掉牙不算稀奇，因之汤羹软烂菜肴深受欢迎。

斑肝汤。斑鱼又称气鼓鱼，形似河豚而无毒，江苏太湖特产。桂花盛开时节鱼来，花谢则难觅踪影，故民谚有“秋吃斑肝”之语。个头较小，拿在手里一捏，肚子就鼓起来了。鱼虽小，肝却较大。袁枚《随园食单·江鲜单》讲：“斑鱼最嫩，剥皮去秽，分肝、肉二种，以鸡汤煨之。”斑肝汤是用鸡汤煮鱼肝与两片鱼肉，关键在于鱼要鲜，汤要浓。享用时先喝汤再抿肉，汤要热，肝晾凉。近代斑肝汤又以“鲃肺汤”行世，这是缘于20世纪20年代，于右任在吴县木渎镇食用此汤大为赞美，题诗时因不解吴语而写作“鲃肺”。俗语讲“官大表准”，陕西人于右任是民国元老、

《随园食单》[清]袁枚 著

监察院长，又是书法家，错写反而让斑肝汤名扬天下。其实在交通、媒体不发达的时代，斑肝汤只是太湖流域的美食。如今斑鱼已大量养殖，不必等到桂花时节才能吃上。

旗人的白煮肉。清宫每天三更过后，先开的宫门是东华门，运进四口通州产的个体不大的黑猪（俗称小黑驴）到坤宁宫，随即宰杀。宰杀方式与平常屠宰显著不同，提猪耳灌酒，让猪醉了以后再省之（宰杀），先剥皮，待午后焚烧，称之“燎牲衣”。再将肉骨解开，放进大锅里不加佐料白水煮至断生，捞出分切后按祭祀项目与性质上供，祭于坤宁宫内的诸神位与宫左前方树立的杆子。宫中每日如此，其细节繁琐不必细说。

俗语讲，上供人吃，煮熟的白肉宫内分食或赐食。这叫吃神余，官称“享胙”。吃神余的白肉仍然不能加任何佐料。如果在平日饮食寡淡贫乏的情况下，偶尔吃上一回，可能是口腹愉悦。但若常吃，不免味道单一，淡得难以下咽。因之，在宫门值班的侍卫与官员大都身带调味纸条，即高粱纸裁成小条用盐与黄酱浸泡后，晾干叠起。逢上吃肉，跟太监要一碗老汤，撕下纸条放入汤中便是咸汤，用以蘸肉增味。若是嫌调味纸条制作与使用麻烦，就直接带简单香料炒过的细盐，吃时或撒入汤中，或直接蘸肉食用。

宫外八旗满洲人家，祭祀项目与仪式虽比宫廷简单得多，但祭祀用白肉与宫廷是相同的。满洲人家若祭祀，一般提前定日期下帖请亲友。到时一般是炕上铺油纸，客人来到上炕坐定，大木盘或铜盘盛大块白肉端上来。客人自割食用，而且添上了佐料，一般有细盐、韭菜花、蒜泥、糖蒜等，随着历史演进，佐料越添越多。吃肉后如果再想进些主食，就再来一碗肉汤泡老米饭。吃好后即可下炕离开，绝对不能向主人道谢。你要是不懂规矩谢了主人，人家反而不高兴，因为，这是吃神余，主人是受神眷注代为赐福客人的。

北京流行的砂锅白肉，可以说是吃神余习俗基础上的烹饪细化。昔日馆子里的砂锅白肉，多用带把的中号砂锅，填满食料加肉汤后在大灶上排开慢火煨着，上桌开盖后，热气腾腾，表层码着两排厚厚的去了皮的整齐肉片，底下衬白菜、绿豆粉丝与海米，汤并不太多。因肉片不是泡在汤中，所以蘸佐料时容易入味，同时佐料也不易澥。这倒是保持了吃神余的传统。吃到最后锅底也剩不下多少汤。在短缺经济时代，这真是解馋佳肴。如今不同了，食物琳琅满目，目不暇接，饫甘餍肥的人越来越多，谁还需要如此足实的肉菜解馋？因之，砂锅白肉变成名副其实的汤菜，大而薄的肉片泡在汤中。餐饮业从来是应时应景的，买卖兴隆利润丰厚永远放在第一位，尤其在当代食物选择多样性时代，顺势所为怎么改都可以，只是不要再硬说是保持了传统做法。

蒸

蒸是隔水加热，应该紧随煮就出现了。古陶器甑，是底部密布网眼的圆形容器，功能相当于笼屉，与鬲组合使用。鬲小口、口边双耳、突腹、三足尖底，用时鬲内注水，甑内放食材，架在火上蒸。蒸让水与食材分离，在保持食材完整、原味上迈进了一大步。古语讲黄帝时代，蒸谷为饭，烹谷为粥。

直至今天，不必说馒头、花卷、包子之类仍是国人主食之大宗，蒸菜佳肴也独树一帜，魅力无穷。譬如米粉肉，如不是蒸，就难以保持米粉包在肉片上。相声贯口《报菜名》是说相声的基本功，其中所列蒸菜都是名菜佳肴，如蒸羊羔、蒸熊掌、蒸鹿尾儿、清蒸八宝猪、清蒸哈什蚂、清蒸江瑶柱。如今改称“满汉全席南北大菜”，虽是与时俱进，但多少有点牵强附会。《报菜名》的菜，当代增补改编版的共收录二百四十八道，基本上囊括了清末民初京津地区各档宴会的菜品。《报菜名》从一出现，就被艺人不断演出不断改进，至今不衰，足以证实国人对吃喝的关注。现拣其中蒸鹿尾儿略加介绍。

鹿尾儿就是鹿的尾巴，满人钟爱的上品佳肴。光绪年间无知山人鹤云氏《食品佳味备览》把熊掌、鹿尾、车鳌、鱼翅、螃蟹、江瑶柱、兰花菇（草菇）、斑鱼列为八珍。不过，鹿尾作为美食历史悠久，唐段成式《酉阳杂俎·酒食》，记录了南北朝南梁刘孝仪的评价："邺中（邺城，在今河南安阳市北）鹿尾，乃酒肴之最。"元耶律楚材《和景贤赠鹿尾》诗言"今年鹿尾休嫌少，且喜君王不合围"。清王士禛《香祖笔记》卷二谓："今京师宴席，最重鹿尾，虽猩唇驼峰，未足为比，然自唐已贵之。"

蒸鹿尾儿以热水去净皮毛，再经两次鸡汤煨煮，捞出劈开剔骨。肥鸡劈开摊于汤碗中，鹿尾置于鸡上，上盖猪五花方肉，再配以火腿片、玉兰片、蘑菇等，注入热鸡汤，盖上盖，上屉蒸两个小时。蒸毕，鹿尾捞出装盘，另起锅勾汁浇在上面。鹿尾脂肪丰厚，做法则是以油攻油，为了彻底去掉其腥臊之气。今天看来，这并非健康食品。鹿不像猪羊那样好养，产量不多，供应紧张，价格自然比较贵。国人在吃上的智慧永远是思如泉涌，为满足饕餮之徒的口腹之欢，仿制的廉价鹿尾应运而生。齐如山《中国馔馐谭》讲："鹿尾是用猪肝、鸡蛋、麻酱三种研极细，拌以佐料，灌于猪大肠内蒸熟，色须雪白，味极美。"

炸

炸是煮的变种，要求器皿耐高温，所以炸锅一般都是金属材质的。“炸”字出现得比较晚，直至《康熙字典》也未收录。古代的炸，用油少的一般用“煎”，过油常用“油沃”“油灼”“油滚”。宋以后常用“油煠”，这是对“煠”的扩延。《说文解字》无“煠”，有“渫”字：“渫：除去也。从水枼声。”其后三国魏张揖的《广雅》谓“煠，爚也”，尚未与油炸挂钩。北宋的《广韵》里“煠”成为多音多义字：读爚，火光、照耀之意；读焯，沸水略煮之意；读炸，水煮之意。后来又增加油炸与使金属器物重现光泽两种意思。譬如前面所举的元代《居家必用事类全集》“造菜羹法”中的“香油煠熟”，即是一例。当代印行古籍，有的使用简化字与俗字替代原字，往往引起误解。今本“香油煠熟”写作“香油炸熟”，其实炸不是煠的简体，只是个俗字，出现得很晚。

煠之三义比较，水煮之意最为常见。譬如明鲍山《野菜博录》，煠出现三百五十六次，如“大蓝”条“食法”谓：“叶煠熟，水浸去苦味，油盐调食。”清顾禄《清嘉录》卷十“煠蟹”谓：“九月团脐佳，十月尖脐佳也。汤煠而食，故谓之煠蟹。”清桂馥《札朴》谓“菜入汤曰煠”；同时代翟灏《通俗编·杂字》谓“今以食物纳油及汤中一沸而出曰煠”。

从煠义扩延使用可以明显看出，煠（炸）这一烹调方式实质上是煮的变种。《齐民要术》卷三说：“（荏子）收子压取油，可以煮饼。”煮与炸都是将食材放入液体里高温加热，只不过出来的味道不一样。

炸的前提必须有油。早期的食用油是动物脂肪，称作“膏脂”：无角动物的称膏，有角动物的称脂。凡称膏的比较柔软，如猪油、鸡油、鸭油、狗油等，凝固后很容易搅动；凡称脂的较为坚硬，如牛油、羊油等，冷却后难以杵动。人类熟食以后，特别是有了陶器，收集动物油脂并非难事。此时油炸食品在理论上就已产生。不过陶器油炸的危险性比较大，容易炸锅，导致大火伤人。水煮锅漏则无安全问题，顶多把火浇灭。

当代养生，一提动物脂肪，便畏之如虎。其实，动物油炸制食品没什么问题，动物油的烟点高。从营养学上讲，动物油饱和脂肪酸多，不饱和脂肪酸少，在炸制过程中油不易被氧化，所以不易产生有害物质。

不过，动物油炸制食品明显存在缺憾：其一，由于烟点高，故不可久炸，往往不能炸脆。再者，由于熔点高，炸过的食品放凉后，表面很快凝结一层脂肪，吃时倍感腻味。20 世纪 60 年代困难时期植物油短缺，许多饭馆用猪油炸油饼，只要天气渐凉，尤其冬季，油饼出锅后不久便是一层白霜，别说吃了，真的有点望而生畏。第三，动物油固有的膻腥气足以改变食材的味道。譬如清真的炸制食品非常多，也是用植物油，而很少用牛羊油。提炼动物油虽然比较早，但炸制食品并未因之立即盛行。

植物油的榨取食用，普遍认可的观点是始于汉代。东汉刘熙《释名》曰："捣柰实，和以涂缯上，燥而发之，形似油也。"柰实是苹果。清王先谦《释名疏证补》说：柰实不闻可为油，柰乃枣字之误，柰实实为枣核。王氏考证有史籍支撑，即北魏的《齐民要术》，该书记载的"枣油法"与《释名》说法一致。

中国历史上，大量生产植物油与物种引进关系密切。中外物种大交流发生过两次：第一次通过汉代的丝绸之路，中国的丝绸、瓷器、茶叶、铁器向西输出，同时输入汗血马、葡萄、胡萝卜、西瓜、胡麻、珠宝与香料等。第二次是郑和下西洋，引进地理上更加遥远的物种，如苏木、胡椒、狮子、干海货、榴莲、麒麟（长颈鹿）、热带植物种子等。

郑和舰队是当时世界上规模最大、装备最强的庞大舰队，然而，辉煌的大航海成果并没有影响和改变世界历史。而在大明皇朝停止海上远航以后六十年，哥伦布发现新大陆，开启了全球物种大交换时代。美国作家查尔斯·曼恩在《1493：物种大交换开创的世界史》中指出，在甘薯和玉蜀黍充当了中国人口爆炸的助产士的同时，土豆推动了欧洲人口的增长——土豆越多，人口越多。土豆被引进欧洲一个世纪后，欧洲人口总量大概翻了一倍。

哥伦布之后，亿万年来相互分离的生态系统开始相遇融合，形成了“哥伦布大交换”，这一交换将玉米带到了非洲，将番薯带到了东亚，将马和苹果带到了美洲，将大黄和桉树带到了欧洲，同时也交换了其他一些生物，如昆虫、草和病菌。

物种大交换改变了人类的生存方式。从吃喝上看，不仅扩大了更适合本地养殖、种植的物种，从而提高了产量，同时也大大增添了口腹之快。

汉代胡麻的引进与推广种植促使榨油业迅速成长。需要指出的是，胡麻与芝麻是两种不同植物，不可混淆。胡麻喜寒耐旱，生长在西北地区；芝麻喜温，生长在热带、温带地区。芝麻是中国原有物种，产自云贵高原。同样是油料作物，为什么原产的芝麻没能抢占先机，只是随着社会发展才博得后来居上？

其实这很好理解，汉代云贵高原与中原的交往与物流，远不如关中与西域便利。丝绸路上商旅络绎不绝，一派繁荣景象，而当时的长安与云贵区域因道路崎岖，基本上是隔绝的。不要以今天疆域观念理解过去的物种传播。西域看似遥远，但交通方便，社会关注度高。这犹如当代旅行，你要去国内某个偏僻落后的县市，可能还不如去欧美方便。另外，植物移植在同纬度上比较容易，而南北方向则比较困难。

胡麻榨油，开始时作为照明燃料要大大多于食用。《三国志·魏书·满宠传》记曹孙合肥之战，满宠折松为炬，灌以麻油，从上风放火。西晋张华《博物志》记“泰始中，武库火，积油所致”。可见麻油作为战略物资，产量不小。

南北朝以后植物油品类、产量双增。脂肪是人类生命延续所不可或缺的，同时也是味道的主要支柱。在食材异地交换困难的时代，找到本地物种榨油实是一方之幸。唐宋以后，植物油的品类日渐其繁，可谓眼花缭乱。下面检录两条历史记载，体会一下历史上油料种植与生产的状况。

宋庄绰《鸡肋编》卷上：

> 油通四方，可食与然［燃］者，惟胡麻为上，俗呼脂麻。言其性有八拗，谓雨旸时薄收，大旱方大熟，开花向下，结子向上，炒焦压榨才得生油，膏车则滑，钻针乃涩也。而河东食大麻油，气臭，

与荏子皆堪作雨衣。陕西又食杏仁、红蓝花子、蔓菁子油，亦以作灯。祖珽以蔓菁子熏目致失明，今不闻为患。山东亦以苍耳子作油，此当治风有益。江湖少胡麻，多以桐油为灯，但烟浓污物，画像之类尤畏之，沾衣不可洗，以冬瓜涤之乃可去，色清而味甘，误食之，令人吐痢，饮酒或茶皆能荡涤，盖南方酒中多灰尔。尝有妇人误以膏发，粘结如椎，百治不能解，竟髡去之。又有旁毗子油，其根即乌药，村落人家以作膏火，其烟尤臭，故城市罕用。乌桕子油如脂，可灌烛，广南皆用，处、婺州亦有。

明宋应星《天工开物》卷上“膏液”：

凡油供馔食用者，胡麻（脂麻）、莱菔子、黄豆、菘菜子（白菜）为上。苏麻（形似紫苏，粒大于胡麻）、芸苔子（江南名菜子）次之，茶子（其树高丈余，子如金罂子，去壳取仁）次之，苋菜子次之，大麻仁（粒如胡荽子，剥取其皮，为綷索用者）为下。

提取植物油，宋以前多为炒焦榨取，其后又有生榨法、两镬煮取法（水代法）、磨法与舂法等。

当代流行的花生油出现较晚，清檀萃《滇海虞衡志》

卷十说，落花生乃宋元间引进，“以榨油为上，故自闽及粤，无不食花生油”。

油炸食品一经出现，就深受欢迎，经久不衰。直至今日，几乎没有人不喜欢吃炸制食品的。我常说，好吃的东西一定是胆固醇高的，同时一定背离当代提倡的养生观念。倘若非要按照养生学的说法，那么人体所需的营养配比完全没有考虑到口感需求，所以为了口味而稍许牺牲健康也是非常值得的。再者，养生学似乎也走向了极致。人与人之间差异非常大，怎么能用统一的量化标准来判别一个人到底健康还是不健康？医学固有其先进之处，国人的平均寿命增长也要感谢医学，尤其得感谢西医。但是西医将人体结构要素的指标都标准化了，几乎变成了计量医学、仪器医学。时下不管谁到医院看病，都是先开一大堆检查单子。查完以后看标准，标准正常，没事儿回家，标准异常，如是三高那就得注意了，首先必是忌口。这对于好吃之人简直就是灾难。炸制食品确实不怎么健康，但美食欲望从来不是以追求健康为第一要务的。如果抑制不住欲望，就要在健康与美味之间找到适合自己的度，找到恰如其分的度，那就皆大欢喜了。

现拣几样炸制食品说说炸货的特点。

炸三角，如今已不大常见。中国曾经社会全体拒绝美味，一致认同衣以蔽体、食以果腹的生活方式，衣着不讲材料式样，饮食不讲烹饪味道。所以许多美食，哪怕极其廉价的平民解馋之物的技法也大量消失。厨艺就是这样，师徒相传，一旦断档，再续难免狗尾续貂。近年一些餐饮店正在努力恢复传统风味吃食，譬如有家面馆号称恢复了传统的炸三角，媒体前去采访多有赞誉。我闻之不免心动，遂约了朋友一道去吃，结果很是失望。我当时就说："您这不是蒸素三角再搁锅里炸吗？"店家深不以为然，露出"你吃过吗"的神色。见状我们也只能哑然一笑。如今是好话满天飞的时代，乃至老祖宗创造那么多腴辞都不够使了。

其实，炸三角制作并不复杂，饭馆与食摊皆有售卖。馅分荤素两种。荤馅常用肉末、鸡蛋、青韭，清潘荣陛《帝京岁时记胜》谓"正月荐新品物，则青韭卤馅包，油煎肉三角"，或用虾米韭菜。"都一处"专营烧麦，炸荤馅三角有名。相比之下，我觉得素馅的味道更特别。六十多年前的一个冬天，曾在北新桥街上食摊吃过一位老者售卖的炸素三角，至今回味无穷。大致还能记得他的做法，花椒、大料、小茴香加盐熬水，挑出佐料，用水淀粉搅到略稠，晾凉后搅碎，撒上香菜末、青韭末，点上香油。面皮与平常包饺子的皮一样，讲究的是和面时加些油，以增加皮的酥脆。面皮包馅成三角形，放入油锅炸熟。

吃时晾凉，汁水清香浸润脆皮，别具一番说不清的佳味。以往荤馅吃得比较多，反而没有什么再吃的欲望。前面说到的约朋友去吃炸三角，正是因为中了媒体的招，以为真是按传统技法做的素三角。为吃上当，往往不长记性，下回再有类似机会，可能还抑制不住欲望。

炸瓜枣，属于福建菜。旧日北京福建菜馆很少。王府井大街新华书店北侧紧邻一条小胡同，叫敦厚里，胡同很短，却有两家饭馆，一个闽江春，另一个广东菜馆。后来两家合并，称闽粤餐厅。做炸瓜枣的也有两家，一个便是闽江春，另一个是康乐南菜馆。

炸瓜枣的原料是黄花鱼。鱼剔刺切成长条，调味腌制，把鱼条盘成枣形，裹上蛋液、面粉、淀粉稠浆，复炸二次。凡是包浆炸制食品，若要表皮酥脆，仅用淀粉是不行的，一定是淀粉、面粉、蛋液的混合浆液。淀粉使其黏，面粉使其脆，蛋液使其酥。

炸鹿尾儿，所用的是鲜鹿尾，乃北京旗人钟爱美食。我幼时听过不少老辈吃主谈吃喝，但从未听谁说过炸真鹿尾的味道，或许他们吃过而不认为是美味。所听过的全是炸假鹿尾。究其原因，毕竟鹿是野生动物，皇家有专门驯养基地，可以做到敞开吃，而民间的鹿尾不像羊尾、牛尾好找，吃上真的很难。清汪启淑《水曹清暇录》卷二说："近时宴席，不甚重熊掌、猩唇，而独贵鹿尾，一头全鹿，不过数金，而一尾等之。蒸熟片食，饤盘甚微，形似豕脂，惟味稍带甜耳。"真鹿尾价贵难寻，吃主又抑制不住欲望，所以假的替代品就出现了，仍叫炸鹿尾儿。假鹿尾用五花肉、猪肝、松仁这三样东西剁成泥，加上盐、香油、姜末等佐料搅匀，灌入肠皮中两头扎紧。肠皮上再扎些孔眼，是为放气。放入猪肉汤煮熟，煮熟后晾凉，刷上黄酱汁或酱油，入锅炸至焦黄色，捞出改刀装盘上桌。早期制作的假鹿尾用的是猪大肠，大肠必须处理干净。用大肠仿制，更符合鹿尾脂肪丰厚的特性。

假鹿尾虽然容易吃上，便宜许多，但也要进馆子才能吃上，这对于穷吃主与平民来说则望而兴叹。今天的年轻人可能很难理解在普遍贫穷的时代进馆子吃喝的难度。社会美食欲望无时不在，尤其那些曾经吃过见过、养就好吃习惯的人，变穷之后对美味的记忆时常作怪，免不掉寻味的冲动。

炒

炒在油脂与金属炊具发明后就可能存在，但作为烹饪技法的确切记载则始于南北朝。《齐民要术》介绍了炒鸡子法与鸭煎法。

炒是烹饪的最高境界，是中国烹饪技法的灵魂，在水火、冷热、生熟碰撞之间找到契合点。众所周知，水是润下的，火是炎上的。如果火在上水在下，两者相安无事，发生不了冲突。而水在上，火在下，水火不容，冲突不已。老祖宗发明的炒，通过对火力、时间、食材的控制调节，选择最佳结合点，从而创造的菜品色香味异彩纷呈，激发口腹愉悦。

从烹饪技法进化上观察，我们的近邻日本也好，韩国也好，在现代化之前基本上停留在蒸煮阶段，西学东渐以后进入了炸。西洋基本上处在炸的阶段。唯独中国的炒在世界上独树一帜。

任何时代的衣食住行生活起居，向来由社会上层引领时尚。只有富人、馋人，才会经常有吃腻的问题，亟需味道上的调整变换而提高食欲。炒很好地解决了这一问题。支撑中国烹饪技法突飞猛进的是一群期待变着样吃的好吃之徒。首先皇室，再就是权贵仕宦、豪富、文人雅士等群体。这种社会需求不仅促使厨师群体扩大，更重要的是激发了吃主与厨师之间的互动，共同对烹饪技法进行研究改进。

炒涵盖烧、煮、蒸、炸技法而花样翻新，有爆炒、文炒、油爆、溜、烩、熗、焖、塌、炖、煸、煨、焯、煎等，名目繁多，不能一一道及。台湾张起钧《烹调原理》

归纳出二十五式。

考察炒的历史，应该是从宋代开始的。筱田统《中国食物史》称：从饮食文化的角度看，北宋不过是唐的延续，南宋才是中世与近世的转换期。尤金·N·安德森在《中国食物》中写道："中国伟大的烹调法也产生于宋朝。唐朝食物很简朴，但到宋朝晚期，一种具有地方特色的精致烹调法已被充分确证。地方乡绅的兴起推动了食物的考究：宫廷御宴奢华如故，但却不如商人和地方精英的饮食富有创意。"

上述两段引文的见解一致，都认为精致烹调的流行始于南宋。但是，我以为炒的实质发展应该是明以后的事。炒菜受燃料、物料、佐料的限制较大。北京是世界上最早使用煤的都城，这曾让马可·波罗惊奇不已。煤在历史典籍中有石涅、石墨、石炭、乌金石、黑丹等称法，作为能源使用始于东汉末期。北京西南山区煤炭资源丰厚，考古发掘显示辽代已有开采，中间历经金元明三朝，生产规模不断扩大，产量渐增，但也没达到社会普遍使用的地步。以晚明为例，煤价百斤二钱白银。二钱银子当时可以购买十斤猪肉或二十斤白面，如此价钱也只有少数富人才用得起煤。《利玛窦中国札记》称，煤还未能占据居民燃料消费的主要份额，只作为燃料匮乏时的补充。皇宫取暖、烹调仍使用木炭。清朝煤炭开采规模迅速扩大，产量骤增，北京城里居民只要家庭条件尚可，没人再用柴火，基本上都用煤。

炒立足在火力控制上。火力粗分为武火、文火、温火、弱火。武火又称旺火、猛火，文火又称中火，温火又称小火，弱火又称微火。家庭烹饪尽管技术不错，有许多菜也无法高质量完成，核心问题就是火力不达标。家用燃气只能达到中火，绝够不上武火，如果达到了，那就要考验个人能力了。俗语称“毛厨子怕旺火”，就是手艺不精，火越旺越手忙脚乱，难免出事。炒菜用柴火或木炭虽然可以达到大火，但火力持续时间短。柴火烟大，木炭易发爆、不耐烧、成本高，远不如煤炭耐烧又清洁，火力容易调控。

厨艺五标准

我常说吃馆子的四个选项，第一个好吃价廉，若如此当然很好，谁不想少花钱多办事；第二个好吃价高；第三个难吃价廉；第四个难吃价高。现在常有些人因慕名前去体验名吃而掉入第四个陷阱，吃其名而丧其实，吃完以后连呼上当，发誓绝对没有下次。俗语说好货不便宜，但不便宜的东西也不见得准是好货。且不说故意以次充好，欺蒙顾客，就是真材实料，若厨艺不达标照样做出难以下咽的劣等菜肴。

实际上，饭店出售的首先是厨艺，其次才是食材。如果盯住食材而忽略厨艺，那就本末倒置了，失去了吃馆子的初衷。厨艺水准如何评判，可以简单归纳成五条：第一选料精，第二投料狠，第三刀工细，第四搭配当，第五火候准。前两项关系到食材挑选与投放，后三项关乎厨艺水准。

第一条选料精。食材质量是美味的前提。食材类别之间绝无高下，只有价钱贵贱与稀奇普通之分，倘若仅盯住价贵珍奇的食材不放，那就失去品味多样性的意义。譬如吃河鱼，鳜鱼贵而草鱼便宜，就偏颇地认定鳜鱼比草鱼好。其实，鳜鱼、草鱼各有其味，不能相互替换。以贵贱论食材，应限制在同类品种中比较。鳜鱼有野生的也有养殖的，前者比后者贵得多。野生的也有产地、轻重之分。你要是想吃干烧鳜鱼，首选野生的，最好是条大的，当然价格不菲；不想花太多的钱，那就选养殖的；再想省钱，又想品味干烧技法，自然选草鱼、鲤鱼之类的养殖品种。所谓选料精，就是在食材品种档次确定后，认真挑选，求其上限。

第二条投料狠。在烹饪过程中，主料、配料、佐料根据需求，一定要放足，不可丢三落四或是舍不得。

第三条刀工细。刀工又称刀口，也是中华厨艺的灵魂。刀工是因材施教，按食材特性与烹饪要求处理原料，分切、片、削、剁、刽、劈、剔、拍、剜、旋、刮等手法，关系到菜肴的口感味道。譬如简单的炒肉丝，如果肉老，一定要切细些，如果肉嫩，一定要切粗些。刀工不但是促成美味的基本要素，同时也是为了进食舒适。菜肴最终的价值实现在于食用。进食不撒汤漏水与刀工关系极为密切。譬如当今饭馆里的炝炒、白灼之类青菜，为了美观大都不改刀，直接烹制，往往造成食客的尴尬。这是让人吃的还是让人看的？我又不是皇上，也没闲钱摆谱。皇上是吃一看二眼观三，桌上摆着不吃的看菜。

第四条搭配当。凡是成型的佳肴名菜向来是一菜一味，主辅料分明。复合味的菜一般都是家常菜，高档菜很少复合味的，食材必须搭配得当、主次分明。简单地说，有同类搭配、异类搭配、荤素搭配、色彩搭配等，细分种类更多。譬如糟溜海味三鲜，鱿鱼、海参、鱼肚搭配，质料类似，黑白相间。冬笋鸡丝是荤素同色搭配，酱爆鸡丁是荤素异色搭配。另外刀工要一致，物料形状大小要搭配得当。

第五条火候准。火候就是火力与时间的统一。火候全靠厨师个体经验与灵感的融合，并不能总结出量化标准。食材与火力从来是即时具体的，能否调出美味，就看厨师的审美与技法了。同时也要看品尝环境，譬如过去的饭店冬日无暖气，夏日无空调，有经验的厨师在烹制爆炒类的菜品时，夏日则欠些火，冬日则过些火。前者让菜品在炎热环境中后熟，后者使之遇冷回生。

凡够得上名厨称号的人，皆可谓艺术家，遗憾的是不能保存传世作品，只能留在品尝人的记忆中。存留不过百余年，随着品尝人离去，也就烟消云散了。老话讲“三年学个买卖人，十年学不出一个好厨子”，名厨与普通厨师的显著区别，就在于火候运用，以同样原料与同样流程做出的菜，味道不一样，拥有化腐朽为神奇的本事。梁实秋《雅舍谈吃》十分赞赏昔日北京鲁菜的“油爆双脆”，所用食材鸡胗或鸭胗与羊肚仁或猪肚肉厚的部位，这些食材甚是普通，之所以能成为名菜勾住食客，就在于火候的精确上。鸡胗、鸭胗、羊肚仁、猪肚这四样东西，过火或欠火都难以嚼断，所以技法要求异常苛刻。火候恰如其分，食之才能咯吱作响，感到脆嫩。如今北京的山东馆子再难吃到此菜。说来也不奇怪，当代食客消费大多盯住食材的高低贵贱，往往把饮食的高档等同于食材的高档，而对厨艺如何则不甚了了，也就难于接受普通之物售价过高。精湛厨艺失去了市场，必然趋于荒废。类似消失的菜品很多，有的虽存其名，但烹制粗糙，难副其名。

炒菜蓬勃发展，让口味发生质的飞跃，彻底告别单一腻味的困境，味道是眼、鼻、齿、舌共享下完成的。

见之则喜，在其色泽，闻之则香，在其气味，两者交攻，怎能不垂涎欲滴？尝之口感、齿感玄妙，体验清淡、醇厚、爽利、复合、单一种种味道，愉悦之情自不待言。

如今，为进食健康，防止疾病传染，不断有人呼吁分餐制。其实，中国唐以前是分餐的，宋以后才渐变为共餐。这是烹饪技法走向复杂，炒菜出现以后，饮食从粗放迈向精细多样的结果。烧、煮、蒸、炸技法相对简约，一炉一锅一次可以做出大量菜肴，分割、分装后同时上桌，不妨碍多人一起用餐。而炒菜不能如此，一次用料不能过多，否则就失去炒的本义，也不能保持味道。一勺一菜，用料少而相对固定，这可算作炒菜之所以称为炒菜的基本标准。也许有人会说，即便如此，也可以多炒几锅，每次在出锅时少分几份，不同样可以保证分餐吗？想法固然不错，不过这样做的结果，不仅增加了厨房工作量，延长了上菜时间，更重要的是极大地伤害了味道。出锅即分作几小份，使菜肴不能聚拢热气，些许汤汁分散，割断了菜肴离锅后的后熟调和过程，小份菜肴迅速变凉，味道流失。为了解决这一冲突，预备公筷应运而生，不过，在聚餐场合，因习惯使然，往往让人不能自觉遵守。

第二讲　清廷筵宴与官场满汉席

世界上无论哪个民族，逢上喜事总要庆祝，庆祝方式多种多样，而中国人选择的方式是吃喝。无论朝野，节庆典礼一定伴随饮宴吃喝。这是农业社会经常性天灾与饥饿留下的传统。假如先民不常发生吃不上、吃不饱的窘迫，也许造就不了中华博大精深的饮食文化。吃喝难以如愿的历史，铸就社会普遍关注吃喝。吃离开本能意义，而变作身份、文化标志与炫富、公关手段。

逢年过节，发生喜事，无论宫廷还是民间，必张宴庆祝。聚会而无饭局，尽管茶点干鲜果品招待周到，甚至馈赠了礼物，也不叫正式庆祝。这一传统从古到今绵延不断，直到近年告别了饥饿威胁，食物供应丰足，方显退化趋势。

传统社会是礼制社会，朝廷礼典内容庞杂，治国教民率先垂范，宴席礼仪括在其中。清朝官方法定宴会种类繁多，每类宴会都在等级、供应、程序、礼仪与参与人员等方面做了严密规定。什么事由采用什么标准，严禁超标，同时拒绝随意更改菜谱。

礼部精膳司、光禄寺与御膳房

朝廷、内廷设置专门机构管理皇帝一家人的日常饮食与国家饮宴事宜，主要有三个衙门：礼部精膳司、光禄寺与御膳房。据《清会典》《国朝宫史》《国朝宫史续编》等清朝典籍，下面分别简要介绍这三个衙门的职能。

清朝的礼部设满汉尚书各一人，左右侍郎各二人。下辖典制、祠祭、主客、精膳四清吏司。典制司负责嘉礼、军礼及科考等事务；祠祭司负责吉礼、凶礼事务；主客司负责宾礼及接待藩国朝贡事务；精膳司负责宴飨、廪饩、牲牢事务。精膳司郎中满、汉各一人，员外郎满一人，主事满、蒙、汉各一人。下辖勘合科、俸粮科、下程科、厨役科及火房。凡朝廷法定宴会，均备其陈设，序百官班次，定其礼节。宴前上呈宴图与程序礼节，获得皇帝批准后，行文相关衙署准备。

光禄寺设卿、少卿满汉各一人，下辖太官、珍馐、良酝、掌醢四署，各设署正、署丞满汉各一人，负责宴劳荐飨、辨品式、稽经费。光禄寺、精膳司仅官员就有一百六七十人。

御茶膳房负责皇帝一家人的日常饮食与内廷筵宴，

同时担负部分朝廷礼宴事宜，隶属内务府。初分“茶房”与“膳房”，乾隆十三年（1748 年）合并为“御茶膳房”。特简王大臣掌管，下设尚膳正、尚膳副、尚茶正、尚茶副、尚膳、尚茶、主事、笔帖式等职分理其事，分设荤局、素局、挂炉局、点心局、饭局等五局。御膳房厨役人等三百七十多人，御茶房及清茶房一百二十多人，另有太监一百六十人。乾隆三十六年（1771 年）设御茶膳档案房，掌本房题本奏章、文书档案等事宜。

御膳房分两处：一在景运门外，称“外御膳房”，又称“御菜膳房”，分担朝廷盛宴筹备部分事宜，以及供应宫内值班官员的膳食；一在养心殿南，称“内御膳房”，又称“养心殿御膳房”。此外，三山五园、热河行宫等处亦设膳房。皇帝驻园或出巡，御膳房随行承办膳食。御茶房在乾清门内东庑。

另有掌关防管理内管领事务处，简称“掌关防处”，设正、副内管领各三十人，统苏拉（役人）四千九百五十人，负责内廷的物资供应，管理饽饽房、菜库、酒醋房、官三仓、恩丰仓等。

雍正二年（1724 年）设饽饽房。饽饽即糕点，乃是宫廷日常饮食、宴会与祭祀上供必需之品，消耗旺盛。饽饽房亦分内外，内房专供皇上，外房供应妃嫔、皇子以及朝廷宴会所需。

朝廷例行宴会根据政治等级而定繁简，盛大的如元日宴、冬至宴、万寿宴、大婚宴、千秋宴、耕耤宴，凯旋宴，稍逊的如宗室宴、外藩宴，以及临雍、经筵、修书、初举日讲、临幸翰林院、缮写神牌等赐宴。

凡朝廷例宴，由礼部主持，精膳司部署，光禄寺供置，外御膳房协助。

满席　汉席　上席　中席

例宴供应宴品分为：满席六等，汉席三等，又有上席、中席。光绪《清会典》卷七十三“光禄寺”开列的清单是：

一等满席：用面一百二十斤。定额玉露霜方酥夹馅各四盘、白蜜印子鸡蛋印子各一盘、黄白子松饼各二盘、合图例大饽饽六盘（合图例系满语什锦之意）、小饽饽二碗、红白馓枝三盘、干果十二盘、鲜果六盘、砖盐一碟。陈设计高一尺五寸。

二等满席：用面一百斤。定额玉露霜二盘、绿印子鸡蛋印子各一盘、方酥翻馅饼各四盘、白蜜印子黄白子松饼各二盘。饽饽以下与一等席同。陈设计高一尺四寸。

三等满席：用面与二等席同。定额方酥以下与一等席同。无黄白子松饼，别有四色印子四盘、福禄马四碗、鸳鸯瓜子四盘。陈设计高一尺三寸。

四等满席：用面六十斤。定额方酥以下俱与三等席同。陈设计高一尺二寸。

五等满席：用面四十斤。定额方酥以下俱与四等席同。陈设计高一尺一寸。

六等满席：用面二十斤。无方酥夹馅四色印子、鸡蛋印子，余与五等席同。陈设计高一尺。

《清会典事例》卷一千八十九“光禄寺”谓：乾隆十七年（1752 年），一至六等满席分别用银为八两、七两二钱三分四厘、五两四钱四分、四两四钱三分、三两三钱三分、二两二钱六分；嘉庆四年（1799 年）普增为十两、八两、六两、四两、二两八钱。

一等汉席：肉馔鹅鱼鸡鸭猪肉等二十三碗、果食八碗、蒸食三碗、蔬食四碗。道光《光禄寺则例》卷四十“造办汉席”详细记录了宴品构成：白煮鹅一碗（每三碗用鹅一只）、白煮鸡一碗（鸡一只）、小阁一碗（鸡一只）、烧肉一碗（猪大肠一根、猪肉一斤、豆粉六两）、白肉一碗（猪肉一斤八两）、海参肉一碗（海参一两、猪肉七两）、猪肚一碗（猪肚半个）、鸭羹一碗（鸭半只、瓜仁一钱、桃仁一钱、松仁一钱、豆粉二两）、猪蹄一碗（猪蹄一个）、鲍鱼肉一碗（鲍鱼一两、猪肉七两）、笋肉一碗（水笋四两、猪肉六两）、海带肉一碗（海带二两、猪肉六两）、东坡肉一碗（猪肉十二两）、鹿筋肉一碗（鹿筋二两、猪肉六两）、肉圆一碗（猪肉六两、豆粉四两）、猪腰子一碗（猪腰子二个）、山药肉一碗（山药一斤、猪肉四两）、鸡蛋糕一碗（鸡蛋五个）、爊鸡一碗（鸡半只）、香蕈鸭一碗（香蕈一两、鸭半只）、盐煎肉一碗（猪肉十二两）、方子肉一碗（猪肉十二两）、鱼一碗（鱼一尾、重一斤）、黄梨一碗（十二个）、红梨一碗（十二个）、棠梨一碗（十五个）、鲜葡萄一碗（二斤）、柿饼一碗（二斤）、晒枣一碗（二斤）、红枣一碗（二斤）、栗子一碗（二斤）、包子一碗（十二个，每个用二等面二两，猪肉五钱）、花卷一碗（十二个，每个用二等面二两、香油三钱）、馒首一碗（十二个，每个用二等面二两、香油三钱、白糖三钱）、酱瓜一碟（一两）、酱茄一碟（一两）、酱苤蓝一碟（一两）、十香菜一碟（一两）。

二等汉席：肉馔二十碗，不用鹅。果食以下与一等席同。

三等汉席：肉馔十五碗，不用鹅鸭。果食以下与二等席同。

上席：高桌陈设宝装一座，用面二斤八两，宝装花一攒，肉馔九碗，果食五盘，蒸食七盘，蔬菜四碟；矮桌陈设猪肉羊肉各一方、鱼一尾。

中席：高桌陈设宝装一座，用面二斤，绢花三朵，肉馔以下与上席高桌同。

显然，满席只供应蒸、炸、烤、烙等技法制成甜咸各种饽饽。饽饽不仅作为宴品，同时也是祭祀供品。而且供品的丰盛要优于宴品。譬如，帝后过世灵前随筵用一等，皇贵妃用二等，嫔妃用三等，贵人、公主用四等，常在、答应奠筵用五等。四等以下始供应宴会。

筵宴场所，宴品丰俭视宴会政治等级而定：元旦、万寿、冬至以及皇帝大婚，宴于太和殿；固伦公主下嫁行初定礼、成婚礼，和硕公主下嫁行初定礼，宴于紫光阁或保和殿；凯旋宴于西苑丰泽园，皆用四等满席。

紫光阁赐宴图（局部）［清］姚文瀚　绘

赐外藩王公与各国贡使宴，于礼部或馆舍，兼用五六等满席。

经筵礼成赐宴文华殿东西配殿，进士恩荣燕、衍圣公来京赐宴在礼部，用六等满席。

文会试入场出场、临雍次日赐宴于礼部，兼用一二三等汉席。

武会试入场出场，赐宴于兵部，兼用一二三等汉席。

官方提供的工作餐称为饭桌。文武殿试赐读卷、执事等官饭食，定额每桌陈设肉馔六碗、二盘，蒸食三盘，干果八盘。殿试阅卷结束日，读卷大臣朝餐加用宝装一座，金饼、白饼、芝麻饼各一盘，馒首二盘。大军凯旋，赐解俘官饭食，定额肉馔十碗，蒸食三盘，干果四盘，鲜果四碗。

盛大宴会皆供应茶酒：

茶系乳茶。每桶用牛奶三斤八两、奶油二钱、黄茶二两一包、青盐一两熬制，灌于银茶桶以备应用。

酒分乳酒、祭酒（黄酒）、燕酒、烧酒。

乳酒，藏于内务府干肉库，每瓶十三斤八两。祭祀、宴会乳酒每瓶三斤。

祭酒，光禄寺酒局酿造，祭祀用酒每瓶重一斤十二两，用于天坛、地坛、太庙等坛庙祭祀。作为宴会饮品时称黄酒。

燕酒，光禄寺酒局酿造。每瓶十五斤，满席分装于壶一斤八两；汉席一壶一斤。

烧酒，光禄寺酒局酿造，祭酒剩余糟粕制成。每米一石出酒二斤。

清朝国宴——宴飨

清朝延续前朝传统，仍以元旦、冬至、万寿为三大节，必在太和殿张宴庆祝。虽然皇帝大婚宴也是国宴，但情况特殊，赶上极为不易。只有儿童皇帝，才有大婚之说。若即位之前已经结婚，就没有大婚，只有册封嫡

光绪大婚典礼·册立奉迎图 ［清］庆宽 绘

光绪大婚典礼·筵宴图 ［清］庆宽 绘

福晋为皇后的仪式。顺治、康熙、同治、光绪、溥仪都是儿童皇帝，都经历过大婚。

清朝国宴称为宴飨。今人往往以为国宴必是水陆珍馐毕集，豪奢无比，极尽口腹之欢，乃至把现代商业炒作的“满汉全席”当作昔日宴单而大加渲染。其实，满汉全席是清亡以后宫廷膳食档案公开，商家打着皇家旗号营销高档宴席的行为。在清朝不但无此称法，而且宴品与宏大的场面、仪式、演出相比，显得朴实简单，绝够不上豪华。

清朝的国宴早期延续关外传统，由皇帝与宗室王公共同出资。清太祖努尔哈赤创建的八旗制度是军民合一行政军事组织，遇到战争，将士自带武器、干粮出征，所获战利品八家均分。既然如此，逢有喜事聚会庆祝，就不能只由汗王一人出资，必须各家分摊。

以乾隆三年（1738年）元旦宴为例，太和殿开宴二百一十席，用羊百只、酒百瓶。《清会典事例》记录了王公进献的份额：亲王每人八席，郡王五席，均羊三只，酒三瓶；贝勒三席，贝子二席，均羊二只，酒二瓶；奉恩公一席，羊一只，酒一瓶。清朝的宗室封爵，除了特殊军功获世袭罔替俗称“铁帽子王”之外，其余王公封爵都是递降的，这就很好地解决了财政支出迅速扩张的困难。奉恩公又称入八分公，其下还有不入八分公，虽然也是公爵，但不用出资。当时亲王十二人，郡王八人，贝勒六人，贝子二人，奉恩公十五人，共应进一百七十三席，羊九十一只，酒九十一瓶。不足部分由礼部行文光禄寺补办三十七席、羊九只、酒九瓶。

这里所说的席系指满洲糕点，俗称饽饽桌。王公进献的是成品，还是按级折算出资，估计应为后者，交纳相应银两由光禄寺统一办理。假如交纳的是实物，羊比较好办，而酒与饽饽就很难做到口味、包装、形态一致。后来随着王公逐渐丧失旗主权力，国宴也不再要求王公出资，而改由朝廷担负。乾隆时一口五十斤的猪，内用给价三两一钱五分，外用二两五钱，小猪三钱九分，羊一只一两三钱，羊肉一斤内用五分五厘，外用四分七厘。宴席上的羊肉，初期为烧烤，康熙二十三年（1684年）

改作蒸煮，餐具也由银器改用瓷器。

宴会满式糕点一般由光禄寺爆食房与清宫外饽饽房预先制作，按宴会规制等级装盘，分别额码，放在红漆长方形矮桌上。酒分灌于瓷罐，系以红络，均列于饽饽棚内。光禄寺官员验看合格后，按桌缠以红布覆以红袱，命人日夜看管，宴前抬至会场布席。“御桌”由御膳房单独预备。有清一代，国宴举办频繁，尽管每次规模、宴品存在差异，但主打满洲饽饽与羊腿的习惯一直延续到清末。

届时太和殿丹陛正中设黄幔，内设反坫（接手桌案）与炭火铜盆，铜盆上置两口大铁锅分别用来热酒肉。两侧卤簿后设蓝布帐幔，排列宴桌。上午十时，内外王公朝服在太和门，文武百官在午门集合。鸿胪寺官引领在京王公及百官，理藩院官引领外藩王公入席。王公与一品大臣在殿内，文三品、武二品以上官员在丹陛上两檐。两檐两端设中和韶乐，太和门内设丹陛大乐。国宴一定伴随礼乐，乐意味秩序和谐。四品以下官员坐帐幔下。一般两人一桌，地上铺毡，上置蒲团，席地而坐。全体官员就位，皇帝驾临升座，奏中和韶乐，众臣一叩首坐下。

宴会进程分为三进三赐：进献皇上茶，皇上饮茶，赐众臣茶；进献皇上酒，皇上饮酒，赐众臣酒；进献皇上馔，皇上进馔，赐众臣馔。每一环节，全体官员都要在原地一叩首。随后筵宴乐舞开始演出，有满洲庆隆舞，蒙古、瓦尔喀部舞以及朝鲜、回部等杂戏。每一场演出结束，众臣依然要原地一叩首。演出全部结束，奏丹陛大乐，众臣三叩首。而后鸣鞭，奏中和韶乐，皇上起驾还宫，众臣散去。桌上宴品可以打包交由随从带回。

出席国宴，抛开政治荣誉不谈，其实很辛苦，年老体弱者常常视为畏途。三大节中的元旦、冬至都处在寒冷季节，穿戴厚重朝服听口令反复站起叩头坐下，甚是劳累。若是坐在殿外，不但寒气逼人，又无法观看殿内舞蹈杂戏，却要随班行礼，甚感无聊。万寿节因在位皇帝生日而定。譬如康熙生于顺治十一年（1654 年）三月十八日，乾隆生于康熙五十年（1711 年）八月十三日，两帝万寿分别在春秋季，气候宜人，实是参加寿宴人的幸事。若在夏季，闷热难安之状自不待言。

光绪二十年（1894 年）六月二十六日在太和殿举行万寿宴会，时任吏部郎中的何刚德参加，所著《春明梦录》言：

> 宴列于丹陛，接连及殿下东西。两人一筵，席地而坐。筵用几，几上数层饽饽，加以果品一层；上加整羊腿一盘。有乳茶，有酒（酒系光禄寺良酝署所造）。赞礼者在殿陛上，赞跪则皆起而跪，跪毕

仍坐。行酒者为光禄寺署正。酒微甜，与常味不同。宴惟水果可食，饽饽及余果可取交从者带回。赤日行天，朝衣冠，盘膝坐，且旋起旋跪，汗流浃背，然却许从者在背后挥扇。历时两点钟之久。

再如恽毓鼎《澄斋日记》光绪二十三年（1897年）十月初八日记其参加慈禧的庆寿筵宴：

雨稍止。卯正二刻，颐和园仁寿殿筵宴。入座皆朝服。毓鼎改与庶子庆颐同桌。光禄寺斟酒一巡，内务府斟奶茶一巡，均系银碗。计：羊腿四只，一大盘国语名色食牡丹；苹果四盘，葡萄四盘，荔枝、桂圆、黑枣、核桃仁各一盘；五色糖子四盘；五色饽饽二十盘，牛毛馓子三盘（每盘十六件，虚架起）。谢宴，谢盘赏，行一跪三叩礼。庆辰处，礼部收取职名。辰初宴毕，以口袋携各品果饵而归。唯苹果、葡萄尚可吃，余则或生或蛀。

“国语名色食牡丹”，国语即指满语，牡丹亦作穆丹，当系糖蓉糕之类的点心。宴品的“或生或蛀”，是晚清政治失控，官员尸位素餐，衙门腐败懒惰的绝好例证。尽管慈禧庆寿，筹备充分，投资预算不菲，但是光禄寺、内务府等衙门皆敷衍了事，以次充好，乘机中饱私囊。

不仅清朝，历代国宴食单都比较简单，绝非纯粹吃喝意义上的。而是包含皇帝拉近君臣关系，维系皇朝团结，共创四海升平的政治期待。

清宫饮食

宫廷日常饮食自有一番规矩。皇帝一家平日各吃各的，不像寻常人家聚在一起用餐。帝后、嫔妃，以及太皇太后、太后、太妃、皇子女等内廷主位各设本宫厨房，依其身份等级，御膳房每日供应食材与蜡炭。食材包括粳米、黄老米、高丽江米、粳米粉、白面、荞麦面、麦子、豌豆、芝麻、白糖、盆糖、蜂蜜、核桃仁、松仁、枸杞、干枣、猪羊肉、香油、鸡蛋、面筋、豆腐、粉锅渣、甜酱、清酱、醋、时令鲜菜。蜡炭则是照明用的白蜡、黄蜡、羊油蜡，烧饭取暖用的是红箩炭、黑炭。

《国朝宫史》卷十七“日用”详细记录了内廷主位的日用、月用分例。全录显得累赘，在此选择猪羊鸡鸭与炭的数额，以展示主位等级之间的供应差距：

皇太后：猪一口（盘肉用，重五十斤）、羊一只、鸡鸭各一只、红箩炭（夏二十斤、冬四十斤）、黑炭（夏四十斤、冬八十斤）。

皇后：猪肉十六斤（盘肉）、猪肉（菜肉）九斤、羊肉一盘、鸡鸭各一只、红箩炭（夏十斤、冬二十斤）、黑炭（夏三十斤、冬六十斤）。

皇贵妃：猪肉十二斤、羊肉一盘、鸡或鸭一只、红箩炭（夏十斤、冬十五斤）、黑炭（夏三十斤、冬六十斤）。

贵妃：猪肉九斤八两、月供鸡或鸭共十五只、月供羊肉十五盘、红箩炭（夏十斤、冬十五斤）、黑炭（夏三十斤、冬六十斤）。

妃：猪肉九斤、月供鸡或鸭共十只、月供羊肉十五盘、红箩炭（夏五斤、冬十斤）、黑炭（夏二十五斤、冬四十斤）。

嫔：猪肉六斤八两、月供鸡或鸭共十只、月供羊肉十五盘、红箩炭（夏五斤、冬八斤）、黑炭（夏二十斤、冬三十斤）。

贵人：猪肉六斤、月供鸡或鸭共八只、月供羊肉十五盘、红箩炭（冬五斤）、黑炭（夏十八斤、冬二十五斤）。

常在：猪肉五斤、月供鸡或鸭共五只、月供羊肉十五盘、黑炭（夏十斤、冬二十斤）。

答应：猪肉一斤八两、黑炭（夏五斤、冬十斤）。

皇子福晋：猪肉二十斤、月供羊肉十五盘、红箩炭（夏五斤、冬十斤）、黑炭（夏三十斤、冬七十斤）。

皇子侧福晋：猪肉十斤、月供羊肉十五盘、黑炭（夏十斤、冬十八斤）。

宫女子：猪肉一斤、白老米七合五勺、黑盐三钱、随时鲜菜十二两。

家下家女：白老米七合五勺、随时鲜菜十两、黑盐三钱。

乳姆（保姆同）：猪肉一斤、老米七合五勺、随时鲜菜十二两、黑盐三钱。

又《清会典》卷九十八“内务府”记皇帝日用分例：盘肉二十二斤、汤肉五斤、猪油一斤、羊二只、鸡二只、鸭三只、当年鸡三只。皇子盘肉四斤、菜肉二斤、月供鸭十只。

盘肉指的是前后臀尖，菜肉或汤肉则是腿肉之外的肉，如五花肉。俗语讲“猪吃前腿，羊吃后腿”。

班固《白虎通》卷六“礼乐篇”谓天子至尊，一日四食：“平旦食，少阳之始也；昼食，太阳之始也；哺食，少阴之始也；暮食，太阴之始也。”清宫延续这一传统，皇帝每日早晚两次正餐，中间两次加餐，呈现农业社会日出而作、日入而息的用餐习惯。一般来说，早膳多在卯正到辰时（六点到八点）；晚膳午正到未时（十二点至十四点）。吴振棫《养吉斋丛录》卷二十四谓：“申、酉以后，或需饮食，则内宫别有应承之处，其物随意命进，无定供矣。”

皇帝个性不同，起居不定，往往提前或推迟。特别是到了晚清，越来越接近今日餐时习惯。御膳房每日预拟菜谱报内务府大臣签批后，按单烹饪，何人制何菜，职司明细，全部记录在案。皇帝餐毕，随同用膳记录一并存档，按月结集成册。第一历史档案馆藏有卷帙浩繁的《膳底档》。

乾隆的两份膳单

皇帝正餐通常二十几样菜肴，加上一些主食小菜。于此转录《膳底档》两份膳单，了解一下乾隆皇帝日常饮食究竟是什么样子：

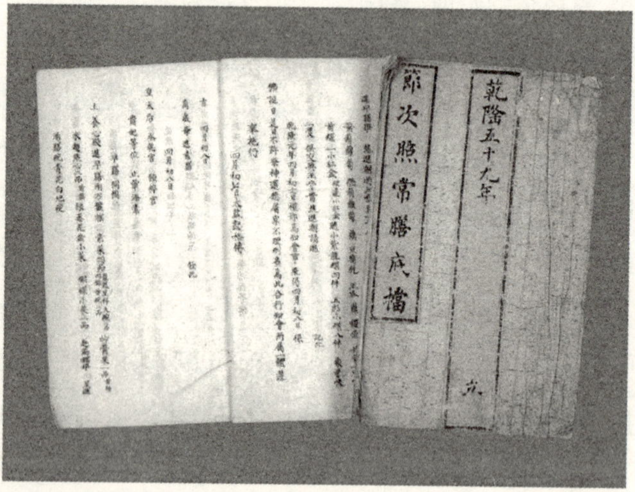

乾隆五十九年《节次照常膳底档》

乾隆四十四年（1779年）十二月初八日辰初二刻十分，同豫轩早膳：

燕窝挂炉鸭子挂炉肉野意热锅一品、鹿筋冬笋三鲜鸡热锅一品、肥鸡拆肉一品、托汤鸭子一品、额思克森一品、鸡丝炒菠菜冬笋锅烧鸭丝咸肉野鸡瓜攒盘一品、冬笋炒腌菜糟鸭子攒盘一品、清蒸鸭子鹿尾羊乌叉攒盘一品、竹节卷小馒首一品、孙泥额芬白糕一品、螺蛳包子豆尔馒首一品、银葵花盒小菜一品、南小菜一品、糟两样小菜一品、老腌菜一品、酱两样小菜一品、鹿尾酱一品、碎剁野鸡一品、鸭子鸭腰下面一品、腊八粥。额食四桌：饽饽九品、攒糖一品、奶子五品、青水海兽碗菜二品，共十七品一桌；盘肉十盘一桌；羊肉四方二桌。

乾隆五十年（1785年）十一月二十一日卯正三刻，瀛台兰室早膳：

祭神肉丝一品、细肉丝一品、燕窝红白鸭子南鲜热锅一品、葱椒鸭羹热锅一品、肥鸡酒炖肘子热锅一品、额思克森清蒸鸭子烧狍肉攒盘一品、鹿尾羊乌叉攒盘一品、竹节卷小馒首一品、孙泥额芬白糕一品、螺蛳包子豆尔馒首一品、煠银鱼一品、珐琅葵花盒小菜一品、珐琅碟小菜四品、咸肉一品。另有进贡菜品若干。

通观两份膳单，肉食以鸡鸭猪羊与野味鹿狍为主，并非山海奇珍。

时过境迁，膳单出现的菜品，有的让今人难以辨识，不知是何物。因之有必要拣其中几样略加考察解说。

额思克森系蒙语，发酵、酸之意，当指奶干。清入关前已征服蒙古，并通过联姻实现满蒙一家，蒙古上层之女多嫁清帝与王公。公主、宗室王公之女常指给蒙古贵族。清宫融入了蒙古饮食习惯。

羊乌叉即羊后臀尖，乌叉，满语尾椎骨之意。

孙泥额芬也是满语，孙泥系指奶，额芬系指饼，合并起来就是奶饼。

鸡丝炒菠菜、冬笋锅烧鸭丝、咸肉、野鸡瓜攒盘。攒盘系餐具，又称拼盘、合盘，始于明嘉靖年间，清康乾时代广为流行。一组拼盘由内外两至三层拼成圆、四方、六方、八方，或叶片、牡丹花、梅花、莲花、葵花、扇面等式样。本菜由鸡丝菠菜、冬笋鸭丝与咸肉、野鸡瓜四菜组合。

传膳、用膳与克什御膳

皇帝用膳地点不定，行之所在只要传膳，太监立即从膳房运送膳食到指定宫殿布置。

御膳房做饭都是按点提前做好，以备随时传送的。齐如山《清宫史话》讲，预先做好的菜品盛于黄砂碗之内盖好，然后都摆于一大铁板之上，板下有炭火，上边再盖一铁板，板上仍生炭火，如此则上下都是火，碗中永是开沸的。几时敬事房太监喊一声传膳，则立刻把铁板撤下，把各道菜由黄砂碗倾入细瓷碗中。倒菜的倒菜，擦碗的擦碗，不过几分钟便可端到桌上。

传膳时太监结队用食盒运送，溥仪《我的前半生》讲："不等回声消失，一个犹如过嫁妆的行列已经走出了御膳房。这是由几十名穿戴齐整的太监们组成的队伍，抬着大小七张膳桌，捧着几十个绘有金龙的朱漆盒。"朱季黄采访清末太监耿进喜的记录说："盒子里盛着家伙，盒子外头包着被窝。"被窝就是黄云缎的棉袱子，用以保温。

御膳传到，当班太监摆膳。信修明自述《宫廷琐记》讲：

> 膳桌为金花青地漆八仙炕桌。桌之下有一楠木矮桌，名叫"土子根"。殿当中铺油纸一方，以防菜

油污地。膳桌左右，靠墙设八仙桌各两张，距膳餐桌甚远，以备放置膳菜、点心、粥罐之用。殿外院中，仍设红漆油桌四张，为膳菜落脚之用。盘碗为江西黄龙瓷，皆有银盖，以防菜冷。冬天有火碗和火锅，以及暖盘和暖碗，皆银质。名菜上均有银牌，长三寸、宽五分，菜如有毒，银牌则变色。筷子为象牙镶金头，匙子金、银皆备。一声传膳，供差者皆挽白布袖头，整洁之至。

餐桌用八仙炕桌，架在另一张矮桌上，谓之叠桌，可能是为了撤换方便。福格《听雨丛谈》卷十二“膳桌膳合”：

凡果碟、冷碟，俱陈于矮桌，幂以黄龙巾袱，用黄绒绳兜桌之四隅舁之，谓之膳桌。热食羹馔，则盛于黄龙圆盒，叠叠三四盒，包以黄布厚棉袱舁之，谓之膳合。考《明季水部备考》云：内官监成造御用彩漆膳桌、膳合、托合之类，供应宫殿床、桌、器皿、生铁、锡灶、砂铫、盘、罐等件云云。是膳桌膳合之器，自明已然矣。

若论吃饭，皇帝与常人没有什么不同，都是延续生命的本能，只不过皇帝享用机会充分。至于菜品繁多、餐具精美、布席上菜程序化，并不代表皇帝能遍尝。繁文缛节、声势浩大超越食物与工时浪费的意义，成为皇朝物阜民丰的象征。

皇帝一般坐在炕上用餐，侍餐太监按皇帝心思布菜。溥佳《清宫回忆》讲皇上吃饭是“吃一看二眼观三”，多数菜品只是摆样子。每餐大量剩菜则用于“克什”。郝懿行《证俗文》卷十七：“满州以恩泽为克什，凡颁赐之物出自上恩者，皆谓之克什。”吴振棫《养吉斋丛录》卷二十四：“每日膳单，指出某物赐某处、赐某人”。内廷主位、阿哥、公主及御前、内务府、军机、南书房入直大臣，以及总管、管事太监皆可能得到赏赐。获得赏赐者，向来视为恩宠荣誉。这也是皇帝笼络官员的手段。

克什之外菜品，撤下后由御膳房系统的太监或厨役分食或倒掉。齐如山《清宫史话》说：“清道光帝见到阴沟中，扔的东西太多，所以特下了一道上谕，自此以后，才成立了总出售之所，此事在民国出版的清朝宫史中，曾载过，但不详。”信修明《宫廷琐记》说：“残汤剩饭，杂会一处，另有一般小贩在神武门、东华门、西华门专包折罗菜饭。将此残汤剩饭挑回家去，重新整理煮熟，挑到街头，十个大个钱（当十钱）能教穷人吃一大饱。”

中国人在饮食上一向物尽其用，容不得丝毫浪费。

吃饭铺张排场之人，一般不怎么狂吃，剩下的倒掉，无疑是暴殄天物浪费资源人力。揆诸常理，每天眼睁睁看着大量饭菜变成垃圾，太监、厨役怎能不萌生废物利用的想法。清宫或许很早就存在外卖食材下脚料与剩饭的现象，只不过是私下行为，并非制度设计。至于道光上谕成立出售所之事，尚需得到官方文件印证。不管怎么说，皇上出面把自家人的残羹剩饭出售，有损皇帝爱民形象。既然出于爱惜物力，与其售卖还不如直接施舍更符合皇帝身份。信修明所说则没有指出确切年代，他1900年入宫，1924年出宫，1911年清亡以后继续服务小朝廷十三年。庚子事变后，政治腐败，政权飘摇，宫廷规矩松弛，为偷卖创造了便利条件，但公开常态化很可能是小朝廷时代的事。

至于御膳味道，不要说今人无从体验，就是当初众多享受过克什待遇的人，也没留下多少关于味道的文字记忆。显然没有令人叫绝之处。溥仪曾评价御膳是“华而不实，费而不惠，营而不养，淡而无味”。

御膳房不同于市面上的经营性饭庄，它只服务于一人，年节时扩大到后妃，没有靠精研提高厨艺笼络食客的需要。御膳房更不是厨艺实验所，而是照本宣科，维持祖制旧法的地方。膳单预先拟定审核后，皇帝之外，谁也不能改动丝毫。御膳房机构庞大，花费惊人，食材优质高档，厨艺却不见得高超。厨役终身制，且父子相承，因之，按部就班、中规中矩依样画葫芦，保证不出纰漏，就可衣食无忧。内御膳房三旗厨役五十七人、招募厨役十人、夫役三十人，众人各司其职，按烹饪专长、食材种类分工明确。落实到每位厨师头上，不过每日做同一类别的几道菜而已，即使想钻研厨艺有所创新，也难冲破层层管制直达天颜。

皇帝生活起居无一不赋予政治意义。吃饭也要规范化、制度化，而拒绝随意。不在能吃下多少，而在排场，彰显君主富有四海的食礼。《周礼·天官冢宰》讲："凡王之馈：食用六谷，膳用六牲，饮用六清，羞用百二十品，珍用八物，酱用百有二十瓮。王日一举，鼎十有二，物皆有俎，以乐侑食。膳夫授祭，品尝食，王乃食。卒食，以乐彻于造。"

道光以前，御膳基本上以烧、蒸、煮、炸为主。每次正餐，大致由火锅、蒸食、熘烩、烧炸、酱菜、主食、粥汤、饽饽以及时令应景菜组成。基本上没有当代的爆炒菜。烧、蒸、煮、炸菜品的制作工艺相对单一，即使烹制精良，但菜肴保温与传膳用送方式使得大部分菜品失去品尝最佳时刻。譬如经常出现在膳单上的两大片盘——挂炉猪与挂炉鸭，即今日之烤乳猪与烤鸭，片盘经过盖盖儿，包裹保温，错过食用最佳时机。蒸汽内敛使肉片疲软，顿失风味大半。炸制食品同样如此。再如蒸煮菜肴，有的不怕保温时间久，有的太久则软烂如泥，失去质感。皇帝似乎很难享用刚刚出锅的菜品，而中国的美食一向推崇趁热吃，大多数菜肴都是在出锅第一时间吃起来最地道。

晚清宫廷作息时间逐渐摆脱农业社会习惯，早膳基本上变成午餐，晚膳成为名副其实的晚餐。《宫女谈往录》说慈禧五点起床，吃过早饭去养心殿叫起儿。“叫起儿”即召见官员，大概两个时辰左右。中午传膳大多在十点半前后，晚膳在五点前后，午后加餐约在两点，晚上加餐约在七点以前。

慈禧两份添安膳单

慈禧时代“添安膳”大行其道。清宫历来家法甚严，如果摒弃祖宗立下的饮食规矩另起炉灶，则阻力重重。无论古今中外，事无巨细，只要更改旧章旧法牵扯到当事人的切身利益，一定激起受用者雀跃、失去者愤怒。不要以为皇帝至尊一纸命令，就能立刻改变自家的饮食环境，改变就意味着宫廷饮食供应系统的重新洗牌，必然遭到内务府、御膳房、寿膳房等机构的坚决抵制。尽管公开反对的理由冠冕堂皇，态度温文尔雅，但暗地里故意设障、怠工与不作为足以使改革陷入僵局。因之，为化解风险，在完全保留祖制菜品供应惯例的同时，增添了一套改进的菜品。这一叠床架屋的改革，虽然增加了支出，却换回了帝后与内务府之间相安无事。在此摘录两份《节次照常膳底档》的记录：

其一，光绪二十一年（1895年）正月初一日，添安早膳一桌：

火锅二品：金银奶猪、口蘑烂鸭子；

大碗菜四品：燕窝"庆"字八宝鸭子、燕窝"贺"字什锦鸡丝、燕窝"新"字口蘑烂鸭子、燕窝"年"字三鲜肥鸡；

怀碗菜四品：燕窝鸭条、熘鸭腰、荸荠蜜制火腿、什锦鱼翅；

碟菜六品：燕窝炒锅烧鸭丝、肉片焖玉兰片、肉丁果子酱、榆蘑炒鸡片、盖韭炒肉、炸八件；

片盘二品：挂炉鸭子、挂炉猪；

饽饽四品：白糖油糕、苜蓿糕、苹果馒首、如意卷；

燕窝三鲜汤。

进圣母皇太后早膳一桌，照此添安早膳一样，多中碗菜四品、碟菜两品、克什两桌、蒸食四盘、炉食四盘、猪肉四盘、羊肉四盘。

其二，光绪三十四年（1908年）正月初一日，进太后添安晚膳一桌：

火锅两品：野意锅子、苹果炖羊肉；

大碗菜四品：燕窝"江"字海参烂鸭子、燕窝"山"字口蘑肥鸡、燕窝"万"字锅烧鸭子、燕窝"代"字什锦鸡丝；

怀碗菜四品：燕窝金银鸭子、山鸡如意卷、大炒肉炖榆蘑、荸荠蜜制火腿；

碟菜六品：燕窝炒炉鸭丝、炸八件、煎鲜虾饼、青韭炒肉、青笋晾肉胚、熏肘子；

片盘二品：挂炉鸭子、挂炉猪；

饽饽四品：白糖油糕、苜蓿糕、苹果馒首、如意卷；

燕窝八鲜汤。

添安膳一般以四大吉祥观赏菜与火锅、中碗汤菜、炒菜、烧烤、饽饽组成。每膳皆按节令性质，备以燕窝条底衬鸡蛋饼拼写颂词的四大碗菜，如正月初一，庆贺新年；正月十五，天下太平、五谷丰登；端午节，艾叶灵符；中秋节，蟾宫折桂；万寿圣节，万寿无疆、江山万代、庆寿双全，白猿献寿、洪福万年等，难以尽数。这类菜纯系太后、皇帝餐桌上的摆设，赏心悦目，彰显喜庆吉利与排场，并非真正食用。

其中值得注意的是碟菜，这是真正意义上的炒菜，两份相隔十三年的膳单所列碟菜共十二品。其中重复的是炸八件即炸鸡块；相近的是燕窝炒锅烧鸭丝与燕窝炒炉鸭丝，锅烧鸭是先蒸后炸，炉鸭即烤鸭；同质而异名的是盖韭炒肉与青韭炒肉。盖韭又称青韭、细毛韭菜，是冬天阳畦种植的韭菜，夜盖马粪、麦糠等，白天去掉。不同的是肉片焖玉兰片；肉丁果子酱，以酱炒肉丁干果仁，如炒榛子酱；榆蘑炒鸡片；煎鲜虾饼；青笋晾肉胚，即莴笋炒腊肉或清酱肉。

当代提及慈禧太后饮食，大都说慈禧属羊而忌吃羊肉，或谓吃羊肉也不能见羊字。显然这是道听途说，以讹传讹。第二份膳单的火锅苹果炖羊肉，即可打破谎言。如果再多拣几份膳单阅读，羊肉菜肴经常出现，如光绪十二年（1886年）八月十五日，进给慈禧的添安早膳中特地增添了“羊肉四盘”。倘若慈禧忌讳羊肉，光绪断然不敢故意挑衅，自讨苦吃。宫中食用肉类以猪羊鸡鸭为主，独无牛肉，只用牛奶及其制品。

一菜不过三口

长期以来，社会流传皇帝吃饭“一菜不过三口”，据说是为了掩饰个人口味偏好，以防被人下毒。此说极其荒诞。宫中伺候皇帝饮食系统几近千人，做饭的、传膳送膳的不服侍皇帝吃饭，近前服侍的不做饭不传膳。皇帝吃什么菜多一些，他人很难知晓，宫中严禁不同部门人员之间自由走动。其实若想下毒，不必通过皇帝多吃几口判定，只要常吃的，服侍太监几天就可了然于胸。

“一菜不过三口”的“三”并非严格数字，只代表少。菜品几十乃至百样，拣其中十几种，每种吃上二三口，早就饱了。对于美味资源享用充分的人来说，无所谓喜欢什么，想吃随时可以吃上。不像普通人吃佳肴的机会难得，一旦吃上必是纵情饕餮狂吃不已。

不要说宫中，就是宫外社会上层群体，也普遍遵循一菜不过几口的习惯。如果参加宴会时遇到好吃的菜紧夹，在他人眼中是缺乏教养的表现。过去请客吃饭，流行主人布菜让菜，这是客人保持体面很少主动夹菜而形成的礼仪习惯。

中国人一向以谷物为主食而菜为辅食。主食充饥，窘迫时不必有菜。菜以佐餐，种类繁多，追求品质口味则必然花费陡增，非常人所能担负。穷人日常饮食佐餐以咸菜、生拌时令鲜菜与熬菜为主，一年中难见荤腥。富人尽管饮食条件优越，但谷物为主的遗传密码早已融入体中。《礼记·王制》孔颖达疏“殷人以食礼”讲：“食礼者，有饭有肴，虽设酒而不饮，其礼以饭为主，故曰食也。”

俗语讲“菜不能当饭吃”，一般人就餐都是大口吃饭，小口吃菜，这是自幼居家过日子训练的结果。从活命成本上看，不必论高档菜肴，就是普通家常菜，投入成本也远远高于谷物。过去一斤猪肉的价钱至少买十五斤玉米。寻常之家偶尔开荤，做上几道菜，一大家人彼此之间也要克己让人。

《礼记·礼运篇》讲：“夫礼之初，始诸饮食。其燔黍捭豚，污尊而抔饮，蒉桴而土鼓，犹若可以致其敬于鬼神。”尽管器皿原始酒食简陋，但表达了对神的虔诚奉献，从而能得到神的庇护与赐福。敬神在于律己，抑制欲望过度膨胀。古语讲“礼生于理，起于俗”“礼以义起”，陶冶人格、培养规矩，从最基本的生物本能开始，礼在食中。尊长爱幼，中庸谦和，构建一大套食文化规矩。实质上，吃菜节制是吃喝艰难条件下先民自我调节形成的习惯，使有限的美食机会让更多人分享。普通人夹菜节制为情势所迫，豪富虽无须如此，但菜品斑斓丰富，必促成一菜不过几口。两者性质截然不同，却在食礼实践上的表现相近。

当代打着宫廷美食旗号进行商业营销的饭店，无不给菜品贴上乾隆或慈禧喜欢的标签。其实，谁能知道这两位被当下尊为奢华讲究的标志人物究竟爱吃什么？一般来说，爱吃是难得吃上所折射的食欲冲动，一旦能大快朵颐必是口腹愉悦、心情舒畅。皇上饮食条件非同一般，想吃什么有什么，凡是吃过的都可以称之爱吃，怎能突出其中几样？

清帝家宴

内廷例行宴会莫过于家宴。皇帝与后妃聚餐，一年到头不过几次，皆选在年节之际。聚则聚矣，却是同堂分桌而食。《国朝宫史》卷七“乾清宫家宴仪”：

> 皇帝万寿、元旦、除夕及诸令节，乾清宫家宴。宫殿监先期奏闻，既承旨，饬所司供备。届日，尚膳具膳，尚茶具茶，司乐陈乐悬如仪，承应宴戏人等毕集祗侯。宫殿监率所司设御筵于宝座前，设皇后宝座宴席于御座东，西南向，稍后。左右设皇贵妃、贵妃、妃嫔筵席，东西向。

在此举乾隆二年（1737 年）除夕家宴为例：乾清宫殿内正中地平上安置金龙大宴桌，地平上左侧西向安置皇后金龙宴桌。地平下，东西两侧对摆妃嫔宴桌。西边：头桌贵妃，二桌纯妃，三桌海贵人、裕常在；东边：二桌林妃，三桌嘉妃、陈贵人。本日的《膳底档》记录是这

紫禁城乾清宫

样的：宝座龙头至宴桌边八寸，两边花瓶，中松棚果罩四座，中点心高头五品（五寸金龙座盘），一字高头九品（头号金龙座碗），俱安大花；次中果盒两副，果盒两边搥手苏糕鲍螺四品（金龙小座碗），果钟八品。群膳、冷膳、热膳四十品（白里黄碗），两边干湿点心四品，奶饼敖尔布哈（满语奶饼子）一品，奶皮一品（俱五寸黄盘）。中：金匙、象牙筷纸花筷套，两边小菜三品、清酱一品（金碟），左搥手皇后宴桌上，两边花瓶高头七品，头号金龙大碗俱安大花，群膳三十二品，两边干湿点心四品（五寸黄盘），匙箸纸花筷套。以下五张嫔妃宴桌上，每桌两边花瓶高头五品，紫漆座碗各安绢花，群膳十五品。绿龙黄碗三桌，白里酱色碗一桌，里外酱色碗一桌，两边干湿点心四品（紫龙黄碟），小菜四品（银碟），匙箸纸光筷套。

宴桌上的“松棚果罩”是宫廷庆典筵宴放置果品之器。底座木制红漆描金六边形，好似亭阁，六柱以十二条行龙托顶，绿丝搓成松枝覆盖成松棚。一般高两尺，径一尺。

宫廷餐具，瓷器为大宗，多由江西景德镇官窑烧造，此外亦有金银、玉石、珐琅、翡翠、玛瑙的热锅、暖碗、盘碗、匙筯等。后妃身份等级不同，使用餐具相差悬殊。皇后用黄釉黄龙盘碗，贵妃、妃用黄地绿龙盘碗，嫔用蓝地黄龙盘碗，贵人用绿地紫龙盘碗，常在用五彩红龙盘碗。

清宫黄地绿彩云龙纹碗

酉时（晚六时）乾隆升座，后妃入座，奏中和韶乐。开宴先上汤饭，帝后各一对盒，妃嫔各一盒；再上奶茶；第三上酒馔饮酒；最后上果桌。每一程序都是先呈进皇上，其次皇后，再次妃嫔。按顺序分别演奏丹陛清乐、中和清乐与承应宴戏。宴毕，奏中和韶乐，皇上离去。乐止，皇后以下各还本宫。

第二天是乾隆三年（1738年）元旦，申时（下午四时）仍在乾清宫，赐宴宗室王公、额驸。两人一桌，开宴九桌。宴品与程序类似除夕宴。

千叟宴：内廷宴会的特例

千叟宴属于内廷宴会的特例。有清一代，康熙两次，乾隆两次，共四次。除第一次康熙五十二年（1713年）三月在畅春园之外，其余三次皆在内廷。康熙六十一年（1722年）正月与乾隆五十年（1785年）正月初六的千叟宴在乾清宫；嘉庆元年（1796年）正月初四的千叟宴在宁寿宫皇极殿。乾隆两次出席者均超过三千人，开席八百桌，无疑彰显四海承平、皇朝尊老敬老精神。外官、兵丁、平民能进入内廷吃饭乃是旷世恩典，犹如民间在家待客之亲近。因时逢隆冬，露天宴饮，又受厨房供应能力掣肘，故选择自助性质的火锅。

王公与一二品官员坐一等桌，供应银火锅和锡火锅各一，猪羊肉片各一盘，鹿尾、烧鹿肉一盘，煺羊肉乌叉一盘，荤菜四碗，蒸食寿意一盘，炉食寿意一盘，螺蛳盒小菜二盘，肉丝汤饭。煺羊肉系羊宰杀后不用剥皮法，而是煺毛留皮成为带皮羊肉。

三品以下官员及平民坐二等桌，供应铜火锅二个，猪肉片一盘，烧狍肉一盘，蒸食寿意一盘，炉食寿意一盘，螺蛳盒小菜二盘，肉丝汤饭。

显然，菜品比较简单，并非想象的那样豪华奢侈。

《扬州画舫录》满汉席解说

当代商业炒作的“满汉全席”多宗乾隆末年（1795年）李斗《扬州画舫录》满汉席单为祖本，不但强添“全”字，同时扯上御膳吊人胃口，不如此不能彰显宴席豪奢尊贵。平心而论，包装、炒作不是凭空捏造，把《扬州画舫录》“满汉席”作为“满汉全席”的历史依据，真的是移花接木，照猫画虎，大大提升了可信度。在绵延不断的炒作浪潮中，席单竟然变成了固定成型的御膳。为捋清其间来龙去脉，首先要了解菜单构成，《扬州画舫录》卷四“新城北录中”所记满汉席：

第一分头号五簋碗十件：燕窝鸡丝汤、海参汇猪筋、鲜蛏萝卜丝羹、海带猪肚丝羹、鲍鱼汇珍珠菜、淡菜虾子汤、鱼翅螃蟹羹、蘑菇煨鸡、辘轳锤、鱼肚煨火腿、鲨鱼皮鸡汁羹、血粉汤，一品级汤饭碗；

第二分二号五簋碗十件：鲫鱼舌汇熊掌、米糟猩唇猪脑、假豹胎、蒸驼峰、梨片伴蒸果子狸、蒸鹿尾、野鸡片汤、风猪片子、风羊片子、兔脯、奶房签，一品级汤饭碗；

第三分细白羹碗十件：猪肚假江瑶鸭舌羹、鸡笋粥、猪脑羹、芙蓉蛋、鹅肫掌羹、糟蒸鲥鱼、假班鱼肝、西施乳、文思豆腐羹、甲鱼肉片子汤、茧儿羹，一品级汤饭碗；

第四分毛血盘二十件：鑊炙哈尔巴小猪子、油炸猪羊肉、挂炉走油鸡鹅鸭、鸽臛、猪杂什、羊杂什、燎毛猪羊肉、白煮猪羊肉、白蒸小猪子小羊子鸡鸭鹅、白面饽饽、卷子、十锦火烧、梅花包子；

第五分洋碟（一般指平盘）二十件，热吃劝酒二十味，小菜碟二十件，枯果十彻桌，鲜果十彻桌。

所谓“满汉席”也。

五份馔肴组合，第一份主打海味，第二份主打山珍，第三份本地特色佳肴。这三份为典型的淮扬风味。第四份满洲喜好风味，如哈尔巴小猪子，直接使用满语。第五份，酒菜、小菜、干鲜果品。

古今名谓发生变化，如今再辨识食单菜品，有的令人摸不清头脑。因此，需要拣拾其中难辨的菜肴，略作解读：

第一份菜单："淡菜虾子汤"，淡菜是贻贝肉，俗称"青口""东海夫人"，北方称"海虹"。"辘轳锤"系鸡腿制成锤状的炸制品。

第二份菜单："假豹胎"，即今之淮扬菜的仿豹胎，以羊胎盘制作。"奶房签"似是奶酪去水挤压成片卷起的风干食品。如今以签命名的菜已很少见，两宋时却十分流行，如孟元老《东京梦华录》记有细粉素签、莲花鸭签、羊头签、鹅鸭签、鸡签等；吴自牧《梦粱录》记有鹅粉签、荤素签、肚丝签、双丝签、抹肉笋签、蝤蛑签等；周密《武林旧事》记有奶房签、羊舌签、肫掌签、蝤蛑签、莲花鸭签等；西湖老人《繁盛录》记有荤素签、锦鸡签、蝤蛑签等。签含两重意思。一是形状制法，《博雅》解"签"：籯，笼也。签食是以各种皮如面皮、油皮、蛋皮、网油、肠衣等包裹细切的食材成条形，或蒸或炸，或先蒸煮再炸，块大者出锅后改刀。二是吃法，北宋开封、南宋临安食肆、食摊林立。签食因干松无汤汁，可以直接用手或竹签扎起食用，如此尤便利游走逛街之人。签食流行与植物油品种、产量日益增高有关。可考的最早签食，当属《礼记·内则》所记的"肝膋"，用猪网油包狗肝上火烤至焦脆。当代虽难见签菜之名，但其烹饪技法依然经久不衰，譬如炸鹿尾、炸羊尾、煎灌肠、春卷、罗汉肚、松肉、卷果、日本的寿司等不胜枚举。

第三份菜单："猪肚假江瑶鸭舌羹"，江瑶即"江瑶柱"，又称干贝、肉柱、肉牙、海刺，乃是贝类闭壳肌的干制品。本菜系以猪肚头冒充瑶柱，细切成丝乱真。"假班鱼肝"，班鱼即斑鱼，长不过几寸，似河豚而无毒，中秋前后群游于太湖木渎一带。《随园食单·江鲜单》谓："斑鱼最嫩，剥皮去秽，分肝、肉二种，以鸡汤煨之。"因乾隆南巡在春季，无肥美斑鱼，故以他鱼肝为之。"西施乳"系河豚精囊，俗称鱼白。南宋赵彦卫《云麓漫钞》卷五谓："河豚腹胀而斑，状甚丑，腹中有白曰讷……最甘肥，吴人甚珍之，目为西施乳。"清朱彝尊《河豚歌》有"西施乳滑恣教啮"之赞语。我早年在西单鸿宾楼吃过一道红烧西施乳，系海蜇头烹制。食材名称呈区域性特征，同名异质或同质异名现象极为普遍。"茧儿羹"，鱼肉或猪肉泥包皮冻块儿，做成蚕茧状的小丸子，加热后，皮冻化成汤而使中空。"文思豆腐羹"，嫩豆腐、香菇、冬笋、火腿、鸡脯均切成细丝烩制。第一讲时曾介绍过，这里不再重复。

第四份菜单："镬炙哈尔巴小猪子"，哈尔巴系满语肩胛骨，镬炙即锅烧，合起来就是锅烧幼猪前臂尖，犹如当代的锅烧一品肉。“白面饽饽”，李化楠《醒园录》卷下：“做满洲饽饽法：外皮，每白面一斤，配猪油（或香油）四两、滚水四两搅匀，用手揉至越多越好。内面：每白面一斤，配猪油半斤，揉极熟，总以不硬不软为度。才将前后二面合成一大块，揉匀摊开，打卷切作小块，摊开包馅（即核桃肉等类），下炉熨熟。”

所用餐具，五簋碗即大碗，分头号二号。簋系商周青铜器皿，既是餐具也是礼器，双耳圆口深膛。后世陶瓷流行以后，簋常用作大碗别称。明清江南待客宴席，流行主菜五簋形式，因而把装大菜的碗称作五簋。姚廷遴《历年记》讲：康熙中叶，五簋碗出现，“其式比前宋碗略大，又加深广，纳肴甚多”。不管其后宴式如何变换，四大碗、八大碗，盛大菜的碗大都使用“五簋碗”。北京对此类瓷器则称海碗，亦分大小。细白羹碗即细瓷白色汤菜碗，比五簋碗浅；毛血盘是商周青铜器皿，用来盛牲血，这里系指大尺寸的深盘。

在等级社会中，身份差异享受待遇不同。八旗随从低级官兵饭食供应分五等：

第一等：奶子茶、水母脍、鱼生面、红白猪肉、火烧小猪子、火烧鹅、硬面饽饽；

第二等：杏酪羹、炙肚胘、炒鸡、炸炊饼、红白猪肉、火烧羊肉；

第三等：牛乳饼羹、红白猪羊肉、火烧牛肉、绣花火烧；

第四等：血子羹、火烧牛羊肉、猪羊杂什、大烧饼；

第五等：奶子饼酒、醋燎毛大猪大羊、肉片子、肉饼儿。

相比之下，这份菜谱简单实用，符合北来旗人饮食习惯。绝大多数菜品名实直白，不必过多注解。需要稍加说明的有下面几样：

第一等中的“水母脍”即拌海蛰丝，水母即是海蜇，脍为细切。孔子讲“食不厌精脍不厌细”。《礼记·内则》：“肉腥，细者为脍。”脍是古代烹饪生食的主要方式。唐以前比较流行，如鱼脍、肉脍等，并且传向日本。日本的生鱼片其实是标准的中国传统美食，蘸芥末亦是中国古法，《礼记》谓：“脍，春用葱，秋用芥。”明刘基《多能鄙事》卷二“鱼脍”记录了生鱼片的做法：“鱼不拘大小，以鲜活为上，去头尾、肚皮，薄切摊白纸上晾片时，细切为丝，以萝卜细剁布纽作汁，姜丝拌鱼入碟，杂以生菜、胡荽、芥辣、醋浇。”宋以后生食逐渐走向衰微。“鱼生面”当指鱼糜、淀粉混合制作的晾干面条。

第二等中的“炙肚胘”乃是江浙传统菜。南宋绍兴二十一年（1151 年），清河郡王张俊宴请宋高宗，三十道下酒菜中即有肚胘签。肚胘为牛板肚。

第四等中的“血子羹”，以鸭血、猪五花肉、鸭肉与山药切碎丁烹制。

“满汉席”五份菜单与低级五等食单均出自为解决乾隆南巡随行官员饮食而临时组建的“大厨房”与“庖室”。“大厨房”与“庖室”供应的满汉席与五等餐绝非御膳，与行宫内帝后饮食毫无关系。

乾隆南巡御膳房随行

乾隆六次南巡皆曾在扬州停留，除十六年（1751 年）第一次驻塔湾行宫外，从二十二年（1757 年）第二次到四十九年（1784 年）第六次，皆驻跸盐商捐修的天宁寺西园。《扬州画舫录》详细介绍了天宁寺外为迎驾而增添的设施：“天宁门至北门，沿河北岸建河房，仿京师长连短连、廊下房及前门荷包棚、帽子棚做法，谓之买卖街。令各方商贾辇运珍异，随营为市。”买卖街分上、下两段，“上买卖街前后寺观皆为大厨房，以备六司百官食次”。在行宫后门外“另置庖室食次”招待低级官兵。

乾隆南巡声势浩大，如乾隆十六年（1751 年）正月十三日首次南巡，皇太后、后妃、王公之外，随行大臣

乾隆南巡图（局部）［清］徐扬　绘

三十三人，侍卫、内务府、内监等官六百余人，扈从兵丁两千五百余人。宫内服务系统如御膳房基本上倾巢出动，御舟五艘，随员船只四百余艘，用马六千六百余匹，骡车四百余辆，另有运送物资船只六百余艘。皇帝旅途起居并不依靠地方供应，完全是移动的宫廷生活，假如宫殿能搬动，恐怕也要随之而行。

帝后旅行饮食仍是宫居习惯，查阅《膳底档》一目了然。譬如乾隆三十年（1765 年）第四次南巡驻跸扬州行宫，二月十七日一天当中用膳四次：

寅正（四时）三刻，伺候冰糖炖燕窝一品。

辰（八时）初，九峰园进早膳：鸭子火熏豆腐热锅一品、燕窝火熏肥鸡丝一品（此二品系宋元做）、羊乌叉烧羊肝攒盘一品、竹节卷小馒首一品。高恒

（巡盐御史）进酥鸡一品、燕窝豆腐一品、水晶肘子一品、糟鸭子一只、鸡蛋糕一品、卷澄沙包子一品、银葵花盒小菜一品、银碟小菜四品。随送鸭子肥鸡苏片烫膳一品。额食三桌：饽饽九品一桌，内管领炉食四品、盘肉四品八品一桌，羊肉二方一桌。上进毕。赏皇后豆腐一品、令贵妃肥鸡一品、庆妃糟鸭子一品、容嫔攒盘肉一品。

未正（下午两时）一刻，天宁寺行宫西边花园升宝座。茶膳房大人（五福、福隆安）送。上进奶茶，赏奶茶毕。传膳。花园进晚膳：鸭羹一品、燕笋炖棋盘肉一品（系张成做），后送蒲菜炒肉丝一品、春笋爆炒鸡一品、苏造鸡肘子肉攒盘一品、白面丝糕糜子米面糕一品、象眼棋饼小馒首一品、鸭子火熏煎粘团一品（系张东官做）。高恒进鸡肉丸子一品、莲子英［樱］桃肉一品、鸭腰苏脍一品、燕窝脍肥鸭子一品、银葵花盒小菜一品、银碟小菜四品。随送粳米膳进一品、燕窝攒汤一品（系张成做）。额食六桌：饽饽六品、奶子六品十二品一桌，内管领炉食八品一桌，盘肉二桌每桌八品，羊肉四方二桌。上进毕。赏皇后英［樱］桃肉一品、令贵妃鸭子一品、庆妃鸭羹一品、容嫔小饽饽一品。

晚晌伺候：虾米火熏白菜一品、五香猪肚一品、醋溜荷包蛋一品、糖炒鸡一品（此二品系宋元做）、小菜一品。上进毕。赏皇后白菜一品、令贵妃荷包蛋一只、庆妃糖炒鸡一品、容嫔小菜一品。

再如乾隆四十五年（1780年）第五次南巡，《节次膳底档》记二月十五日未初（下午一时）三刻，上进奶茶毕。天宁寺行宫西边花园晚膳：

燕窝肥鸡丝热锅一品（双林作）、火熏东坡鸭子一品（张东官做）、鹿筋酒烧鸡冠肉一品（郑二做）、羊肉片一品，上传炒苏蛋一品，后送春笋炒肉一品（常二做）、蒸烧肥鸡羊乌叉攒盘一品、象眼小馒首一品、白面丝糕糜子米面糕一品。两淮盐政伊龄阿进菜四品。安膳桌二品、饽饽二品，安膳桌一品、银葵花盒小菜一品、银碟小菜四品，随送粳米干膳进一品。额食六桌：饽饽六品、奶子六品共一桌，内管领炉食八盘一桌，盘肉二桌每桌八盘，羊肉四方二桌。上进毕，遵例将膳桌剩下的送至妃嫔、公主等位。燕窝肥鸡丝热锅一品、火熏东坡鸭子一品、鹿筋酒炖鸡冠肉一品、羊肉片一品、春笋炒肉一品、炒苏蛋一品、攒盘肉一品、菜三品（系伊龄阿进）。

膳单保留了宫内常用菜肴的同时增添了淮扬风味，如燕笋糟肉、春笋炒肉、肥鸡攒丝汤、燕窝肥鸡、燕窝火熏煨豆腐、莲子煨鸭、春笋炖鸡、肉片炖面筋、豆腐干炒肉丝、青蒜炒肉、荤素馅提折包子、春卷等。

显然，在膳单上很难找到《扬州画舫录》菜单所录的佳肴。皇帝也未因出巡就改变了吃饭程序与菜品配置基本方式。

官场流行的宴式与《扬州画舫录》满汉席单的疑问

在宫廷、官场饮食文化背景中推敲《扬州画舫录》菜单，难免怀疑其作为成型固化的常用高级菜谱的真实性。作者李斗（字北有，号艾塘），扬州府仪征人，虽是生活在乾嘉年间的当地人，却不曾为官，也未参与接驾事宜。作为局外人叙述南巡随行官员饭食之事，只能靠多方搜求访问，难免道听途说，采信传闻与被访者的夸大其词。民间喜谈宫廷、官场生活琐事，常常臆测夸大，即以饮食论之，只要是美食定与皇上、高官扯上关系。康熙、乾隆两帝前后十二次下江南，所到之处，为解决随行官兵吃饭临时组建的大厨房，其等级、服务对象、内部管理、组成人员、食材供应、菜谱等细节内容，至今尚未找到比较详细的原始资料。

“上买卖街前后寺观皆为大厨房”，足证“大厨房”

之多。官方宴会、聚餐，向来高低贵贱界限分明，不同职级之间供应的餐具、菜品相差悬殊。揆诸常理，为保证等级之间待遇与礼制，各大厨房必定事先划定了各自接待的对象，从而形成王公大臣、普通官员、侍卫、兵丁等职级专用饭厅。随行官员人等按品级进相应大厨房就餐。讨好皇帝首先要让随行要员满意，兼顾满汉南北风味的奢华宴席只属于少数权贵。

满汉席五份菜单开列菜目繁多、制法复杂，不太可能出自同一临时组建的大厨房。这可能是作者对昔日各大厨房供应菜品访查收集与整理分类的结果，把当日扬州高档美食一并归入大厨房食谱。因之，从官场宴会惯例、享用等级限制、官场制约关系、个人食量、饭食供应规模、服侍任务繁重与财政负担等诸多方面上考察，本菜单应是各大厨房汇总的珍馐佳肴菜谱，绝非固定的成型宴单。

官员伴圣驾出巡，当然增加了美食享用机会，但同时也受到极大限制。谁敢在皇帝身边托大招摇？研究古人官宴文化，不能仅盯住菜肴，而忘记官场禁忌、礼仪、程序。高官长期生活在饮甘厌饫环境中，饮宴豪华排场，其彰显身份的属性远大于吃喝本身。即使如此，也不是每次吃饭都要搞得奢侈无度，珍馐毕至。

袁枚《随园食单·戒单》里叙述了江南官方招待宴

会的几种成型席面："官场之菜，名号有'十六碟''八簋''四点心'之称；有'满汉席'之称；有'八小吃'之称；有'十大菜'之称。种种俗名皆恶厨陋习。"大厨房的任务就是招待过境上司吃喝，只不过客甚众，供应规模宏大。若以丰盛的十六碟、八簋、四点心的宴式而论，菜品不过二十八种，况且其中至少有八碟是干鲜果品。主菜八大碗，如果追求极致，俗称硬菜、横菜的最多也就八品，通常横菜只是二到四种而已；十六碟除去八碟干鲜果品外，凉菜、热吃劝酒菜各四碟。满汉席只表明席面菜品构成兼顾满汉习惯，这是宴席内容而非成型宴式，可以采用十六碟、八簋或十大菜等多种形式。

佚名《调鼎集》收录淮扬荤素菜肴两千种，卷二"铺设戏席部"开出汉席与满汉席两类宴席备选菜单。汉席菜品六十八种：金银燕窝、野鸡烧鱼翅、野鸭鱼翅、燕窝把、菜苔煨鱼翅、燕窝球、蟹饼鱼翅、什锦燕窝、肉丝煨鱼翅、螺丝燕窝、八宝海参、瓤海参、海参丝、八宝鸭、海参野鸭羹、家鸭瓤野鸭、海参球、板鸭煨家鸡、撕煨鸡、鸭舌煨菜苔、瓤鸡圆、关东鸡、番瓜圆炖羊肉、大炸鸭、锅烧羊肉、红炖鸡、燕翅鸡、爬爪子、白苏鸡、松仁鸡、金银肘、荔枝鸡、还块火腿、刀鱼饼、煨假熊掌、鳇鱼、煨假甲鱼、面条鱼、烧鹿筋、白鱼饺、白鱼圆、锅烧螃蟹、文武肉、大炒肉、群折肉、建莲煨肺、猪肚片、煨鲜蛏、煨蛏干、烧蛏、豆腐饺、豆腐圆、松仁豆腐、杏仁豆腐、口蘑豆腐、冻豆腐煨燕窝……显然，这不是成型具体的宴会单，而是预备宴会可供选择菜目。譬如燕窝一项有金银燕窝、燕窝把、燕窝球、什锦燕窝、螺丝燕窝五品，鱼翅亦是五品，操办宴会时，两类各取其一，再搭配其他山珍野味鸡鸭鱼肉菜品，即可构成八大碗、十大菜之类的高档燕翅席。

满汉席中的满席菜品二十五种：全猪、全羊、烧小猪、挂炉鸭、白蒸小猪、白蒸鸭、爬小猪、糟蒸小猪、白哈尔巴（前臀尖）、挂炉鸡、蝴蝶鸡、烧哈尔巴、白蒸鸡、白煮乌叉、松仁煨鸡、红白胸叉、烧肋条、白煮肋条、搜娄、红白杂碎（肝、大肠）、猪骨髓（名龙条）、羊照式（杂什）、羊脑、羊肚、糟羊尾。

与满席混搭的汉席菜品，因原记比较随意，显得混乱，于此简单梳理归类。属于酒菜、大菜类的三十二种：炒大菜、炒海参、炒鱼翅、炒脊筋、炒鸡卷、炒野鸡丝、炒杂碎、炒鲟鱼丝、炒蟹肉、爆肚、鸡炸、鸡杂炒鲜蛏、炒蛤蜊、炒笋、炒捶虾、烧腰片、炒排骨、炒肚丝、炒蹄筋、火腿、变蛋、醉蟹、蛏鼻皮炸、虾米、冬笋、芷（紫）菜、炸骨、炸鱼、炝虾、蜇皮、香鸭、香肠。属于汤类的四种：八宝汤、豆腐汤血、燕窝汤、酸菜汤；属于面点的六种：面食四点、小刀面、大包子。另有苹果、榛仁、桃脯、蜜枣等干鲜果品二十四种。

满席二十五品、汉席三十二品组成满汉席主菜、大菜备选菜单，这可能是作者经历或主持操办过的满汉席菜品总录。若选择十六碟、八簋、四点心宴式，满席四碟四碗，烧烤类用碟，蒸煮类用碗，汉席四碟四碗，海参鱼翅类用碗，爆炒类用碟，另加干鲜果品八碟，共十六碟八簋。

在食材异地流通艰难时代，区域经济状况和物产丰盈与否，决定本地饮食丰俭尺度，宴会规模质量在此基础上形成一般性区域标准。江南是皇朝最富足地区，《调鼎集》说："家常四盘两碗（三荤三素），客来四热炒、八小碟、五簋、一汤。"日常吃饭三荤三素，即在富庶地区，也非一般人家所能企及，必是雇佣厨师、建有专门厨房的富贵人家，不然怎能做到有客来访就轻易招待成桌十八道菜肴酒席？显而易见，江南地区高档宴会基本上是按此标准损益增删的，但不离窠臼，与袁枚所说宴式基本一致。

实际上，能参与豪宴的人大都不缺油水，食量不会很大，即便好吃能吃之人也会拘于礼仪面子，不在宴会上纵情吃喝。豪宴一向超越吃喝本身，菜品愈丰盛愈珍奇，愈彰显公关、炫耀或待客真诚之意。排场铺张、肴馔丰盛的宴席，袁枚称之"今人慕'食前方丈'之名，多盘叠碗，是以目食，非口食也”。

古往今来，豪宴终席必是剩菜堆积如山，而剩菜去向古今截然不同。如今告别饥饿的国人，卫生健康意识空前高涨，再难找到吃廉价剩饭果腹或解馋的人，剩菜常被倒掉污染环境。据相关部门调查推测，当代中国一年浪费食物总量约有一千八百万吨，足够五千万人一年食用，实在令人痛心疾首。

古人因普遍贫穷，食物短缺，难得享受美味，自然形成宴会剩菜层级分流系统，最终在底层人群实现物尽其用。首先，拣出可以二次使用的食材保留；其次，厨房、用人等分食或打包；其三，折箩转售小贩或施舍乞丐；其四，小贩分类加工贩卖。譬如过去北京街头食摊的“瞪眼食”，大锅中的碎肉就包括宴席撤下的剩肉。这是花一大枚铜钱在大锅汤中夹几块肉的自助吃法，为实现“利益最大化”，故需瞪大眼睛挑大块的食用。

李汝珍《镜花缘》第十二回“双宰辅畅谈俗弊，两书生敬服良箴”写道：“若不论菜之好丑，亦不辨其有味无味，竞取价贵的为尊，久而久之，一经宴会，无可卖弄，势必煎炒真珠，烹调美玉，或煮黄金，或煨白银，以为首菜了。当日天朝士大夫曾作《五簋论》一篇，戒世俗宴会不可过奢，菜以五样为度，故曰‘五簋’。其中所言不丰不俭，酌乎其中，可为千古定论，后世最宜效法。”

假托古人，批评当时宴会竞奢豪华，挥霍无度。

姚廷遴《历年记·记事拾遗》讲："明季请客，两人合一桌，碗碟不甚大，虽至廿品，而肴馔有限，即有碗上丰盛者，而两人所用亦有限。至顺治七、八年，忽有冰盘宋碗，每碗可容鱼肉二斤，丰盛华美，故以四人合一桌。康熙年间，又翻出宫碗洋盘，仍旧四人合一桌，较之冰盘宋碗为省。二十年后，又有五簋碗出，其式比前宋碗略大，又加深广，纳肴甚多，可谓丰极。"

叶梦珠《阅世编》卷九"宴会"亦说："顺治季年，蔬用宋式高大酱口素白碗而以冰盘盛添案，则一席兼数席之物，即四、五人同席，总多馂余，几同暴殄。康熙之初，改用宫式花素碗而以露茎盘及洋盘盛添案，三、四人同一席，庶为得中。然而新亲贵客仍用专席，水果之高，或方或圆，以极大瓷盘盛之，几及于栋，小品添案之精巧，庖人一工，仅可装三、四品，一席之盛，至数十人治庖，恐亦大伤古朴之风也。"

清代官员宫外宴集一般使用八仙桌垂足而坐，不像宫中宴飨席地而坐。八仙桌顾名思义坐八人，每面坐两人，但讲究礼仪程序时，很少坐满，常见的是六人，少的是五人、四人、三人、二人，特殊情况下只坐一人。一人则居中而坐；二人，平级分左右对坐，稍差，尊者居中，另一居左；三人，尊者居中，左二、右三；四人，每

八仙桌与条凳

面坐一人，尊者居上，左二右三，对面四；五人，尊者居中，两侧各两人，左二、四，右三、五；六人，三面各坐两个人，尊者居上左，右二，两侧各两人，左三、五，右四、六，留有一面不设座位，作为上菜通道，俗称菜口。四人围坐，因间距宽松，也要从第四位左手空挡处上菜。圆桌作为餐桌使用，出现得比较晚，通常在八仙桌上扣上圆桌面，最多坐九人。

假如高官四人一桌，干鲜果品、酒菜、主菜、点心等二十样上下，南巡期间，在皇帝身边如此用餐已是豪奢惹眼，再做大做丰极易招致物议弹劾。如此推测，是以乾隆四十五年（1780年）二月十五日《节次膳底档》所记为参照标准的。当日下午，皇上在扬州天宁寺行宫两配殿赏百官饭：随营王公大人等、江南总督、巡抚、将军、梅伦章京、盐政等高官用一等饭菜二十桌，每桌八碗（青瓷碗，内有外膳房四碗），每桌猪肉六斤、羊肉四斤、菜鸡一只、蒸食一盘、炉食一盘、攒盘肉（一）盘、膳房饭、外膳房肉丝汤。以下官员用次等饭菜二十桌，每桌六碗（青瓷碗）、蒸食一盘、内管领炉食一盘、外膳房肉丝汤饭，每桌猪肉四斤、羊肉四斤。俱系茶膳房随侍卫人等伺候。

两等饭菜比较，次等每桌少两碗，猪肉少二斤，没有菜鸡与攒盘肉。一等每桌用猪肉、羊肉与一只菜鸡做成八碗菜肴，另加蒸食、炉食、攒盘、肉丝汤饭，共十二道；二等九道。显然，皇上赏饭极为简单实用，没有山珍海味。每桌可能坐四人，人均二三道菜饭而已。直至清末官场奢靡，吃喝成风愈演愈烈之际，大批官员过境，地方招待仍遵循类似宴式。岳超《庚子—辛丑随銮纪实》讲 1901 年慈禧从西安返京，沿途陕西、河南、直隶地方为返京官员安排饮食，王公大臣“上八八”席，有海味鸡鸭鱼肉菜品等八碗八碟；中下级官员“中八八”席，有鸡鸭肉菜八碗八碟；随员侍卫“下六六”席，六碗六碟，以猪肉为主。

按照这一标准，再看《扬州画舫录》满汉席单的总菜谱性质，就更为明晰了。官员进入对应的厨房吃饭，按等级、意愿选择其中一份十件或各份混选搭配十件作为主菜，再配上四至八碟小菜，共十八道菜，即构成格式化的高档宴席。一份十件是固定的，从《扬州画舫录》席单上可以得到明确答案，前三份席单皆言十件，但每单入选菜肴皆超过十种，可见具体宴会时，菜肴可以根据需要更换。进一步而言，可供选择的不止单上开列的，一些平常的、在作者眼里不够珍奇美味的可能没有随单记录。

“第四分毛血盘二十件”包括烧煮蒸炸猪、羊、鸡、鸭、鹅、鸽、下水的菜肴共十八种，外加面点四种，显然符合北来旗人口味，适用对象宽泛，不受品级限制，只要能进大厨房的官员皆可享用。十八种肉食，食材重复性过多，区别在于制法。具体配宴摆席时仍可能是十件，譬如选用镬炙哈尔巴小猪子、油炸羊肉、猪羊杂什、挂炉鸡鸭鹅择其一二，白煮猪羊肉与白蒸小猪子小羊子四品择其二种，加上面食两种，即可构成一次具体食单。这正是扬州招待紧要客人常用的十大菜宴式的体现。

从满汉席到满汉全席

“满汉席”是伴随清军入关，官场、上流社会新生的一种宴式。在明以前是没有这种宴式的。随着清朝创立，满洲官员布列要津。譬如六部，每一部设满汉两尚书，左右侍郎也是满汉各二人，所有重要的职位都分满缺、蒙古缺、汉军缺，汉缺。满汉官员同朝共事，公聚私交，宴会必不可少，然民族不同，各有饮食习惯。因而，采取满人喜欢的烧烤蒸煮与汉人流行的烹炒焖炖菜品混搭配宴以兼顾不同口味，谓之满汉席。尽管如此，在旗人集中居住的北京，却少有“满汉席”说法，反在运河流域的许多中心城市十分流行。这与朝廷为巩固统治，选派满洲官员布列各地息息相关，满洲官员的权势煊赫让地方迎合上司的满汉席式迅速推开。考其源流，与清廷宴会、御膳无关，更非官方认定的宴式。

“满汉席”又有称满汉大菜与满汉大席的。譬如，清顾禄《桐桥倚棹录》卷十记苏州三山馆满汉大菜食单，菜品达一百四十七种。具体宴会可选择“八盆四菜、四大八小、五菜、四荤八拆，以及五簋、六菜、八菜、十大碗之别。每席必七折钱一两起至十余两码不等”。再如徐珂《清稗类钞·饮食类》谓“烧烤席，俗称满汉大席，筵席中之无上上品也。于燕窝、鱼翅诸珍错外，必用烧猪、烧方”。烧方即一方块嫩五花肉或前腿肉。

若论“满汉全席”之称的缘起，饮食史界大都认同首见于光绪十八年（1892 年）韩邦庆的《海上花列传》。其中第十八回有“中午吃大菜，夜饭满汉全席”之语。大菜指的西餐。其后，吴永《庚子西狩丛谈》亦有不能为出逃途中的光绪与慈禧预备“满汉全席”而缺憾之语。吴永是曾国藩的孙女婿，慈禧西逃时任怀来知县。

上述两则史料纯属小说、笔记信手拈来之笔，绝无清宫饮食文化背景与饮食意义上的实质内容。前者表现上等妓院生活奢侈无度，后者则是吴永表达对帝后的忠心与亏欠。况且《庚子西狩丛谈》是20世纪20年代由刘治襄编辑的吴永口述史，遣词造句已是民国风范，"满汉全席"是否为吴永原话存在很大疑问。

1924年，逊帝出宫，御膳房厨役四散，有的应聘堂馆饭庄，自然不能放过名号优势资源，祭起御膳旗帜招揽食客；有的则搭伙开店，最有名的就是在昔日皇家园林北海公园北岸由赵仁斋等人1925年开设的"仿膳"茶社，主营糕点小吃及简单炒菜。

清宫《膳底档》公开，御膳房厨役大批流向社会，让人有机会了解御膳的构成以及某些烹饪的独特技法。即使如此，在最能进行商业炒作的时代，却没有使用"满汉全席"标榜推销。日本人田中静一的《中国饮食传入日本史》认为，"满汉全席"作为成型宴单始于20世纪50年代香港餐饮业的炒作。既然是商业营销，就要制造相对固定的菜谱进行社会推介，于是现成的《扬州画舫录》满汉席单经过改造加工堂而皇之地变成御膳。所谓"全"，指的构成佳肴珍品的燕翅、海味、山珍与烧烤主要类别齐备，而非应有尽有。中华佳肴数也数不清，谁能一网打尽？

随着查阅清宫历史档案越来越便利，当代诸多的满汉全席食单越来越趋向以同光时期现成的添安膳单为底本，组合新的满汉全席菜谱。从前面叙述宫廷饮食所移录的光绪朝《节次照常膳底档》两份膳单可窥一斑。此类膳单存量极大，对于餐饮营销者来说，剪裁拼接、花样翻新并非难事，而且名正言顺挂上了御膳之名。

从满汉席到满汉全席，其中“满”字往往被人误解为满洲特有菜系。平心而论，满人来自关外，饮食烹饪难与汉人颉颃。只不过成为统治族群后，在权力支撑下，官场与社会上层迅速生成迎合他们饮食习惯的潮流。任何时代只要拥有权势，就能引领时尚。以烧煮技法而论，老早就全民普及，并无独特之处，不是满洲带来了烧煮佳肴，而是中原成熟的烧煮名吃，更让他们口腹愉悦欲罢不能，因之这一“满”字，当指满人口味偏好。“满席”单独使用时，则专指满洲饽饽桌，与满汉席的“满”不是一回事。

口味乃身内之物，并不因身份地位差异而分高下，只不过权势群体从来拥有美味享受的充足条件，并能引领饮食时尚。如今清亡已百余年，再以昔日取悦满员上司权贵的满汉席扩充成“满汉全席”作为中华美食精粹宣扬，真可休矣。

第三讲　物尽其用的日常饮食

中国烹饪独步世界，乃是食物经常性短缺条件下，先民殚精竭虑、牺牲生命、倾注民族智慧的结果。

据说世界上动植物种类最多的国家是南美洲的智利，中国屈居第二。可是中国采入食谱的动植物种类却高居榜首，让智利望尘莫及。智利国土南北狭长，拥有适宜不同纬度生长的各类物种，而东西狭长的国家就不具如此优势。

中国属于多灾荒国家，据陈玉琼《中国历史上死亡一万人以上的重大气候灾害的时间特征》统计，明清两朝五百余年发生的旱涝、风雹、冻害、潮灾、山崩、地震等重灾，明代三百七十次，清代四百十三次，合计七百八十三次，累计直接死于灾难的人口达五千七百余万。

自然灾害考验政府救灾能力，赈济救助不力直接导致动乱。历史上皇朝更替多由大灾荒而起，譬如明代亡国之君崇祯当政十七年，全国性灾荒发生了八次，以崇祯十一年（1638年）、十三年（1640年）、十四年（1641年）、十五年（1642年）最为严重，到了人竞相食、饿殍遍野的地步。尽管关于17世纪小冰河期是否引起世界经济危机的问题，学界争论不休，可是不可否认从万历中叶开始北方地区气候寒冷干旱，频发灾荒与瘟疫的事实。崇祯年间屡遭灾荒，米价平均上涨了九倍，人口大量死亡。这对于一个农业国来说，完全是致命的。崇祯十四年，左懋第督漕运，自静海到临清，沿途见到“民饥死者三，疫死者三，为盗者四。米石银二十四两”。第二年灾荒更为严重，山东石米竟高至一百五十两，米价是正常年景的五十到三百倍。

中国不但食材品类繁多，还以稀奇古怪闻名于世，可食性物种拓展堆积，与灾荒频发关系紧密。大灾期间，饥民成群结队四出觅食，见什么吃什么，草根树皮皆尽，最终人吃人。谁也不会放弃活下去的一线希望，面对可以下咽的东西，会毫不犹豫地吞下。活下来是侥幸，同时也是一次成功试验，活不下来即为生者做出了警示。什么东西能吃，什么不能吃，在毒性科学分析检测方法产生以前，只能用生命试验。如果食物供应充足，除非那些追求新奇、甘愿冒险的人，一般人则不会品尝未经安全证实的动植物。譬如毒蛇、河豚之类，中国人很早就知道如何准确剔除毒素，享其美味。娴熟的规范技巧绝非一蹴而就。再如菌类、野菜、树木叶芽的识别，如何将有毒的品种剔出，也是食物经常性短缺造就的经验。凡是可以活命的动植物，都被记录并纳入地方救荒食谱，无数次灾荒把可食之物搜罗殆尽。其中口感甚佳的食材，再经厨艺锻造就变成珍馐上品，乃至作为贡品进入皇宫。

不可否认，任何时代都有穷人吃不上饭的时候。但是在食物供应比较充分的社会背景下，吃野生植物只是偶然的个体行为，中毒与否很难引起社会普遍关注。

历史上，先民觅食度荒只能限于本地物种，经验积累往往是分散的。若没有政府与热心公益的读书人的关注，就很难形成文字记录。好在乡土社会流动性极差，世代相传口传心授，付出生命得来的经验是不会丢失的。元贾铭《饮食须知》附有几类有毒物种的解毒之法。明初出现了以救荒为宗旨的农学、植物学专著。在此简单介绍几种：

朱橚《救荒本草》两卷，永乐四年（1406 年）刊于开封，著录中原河南地区可食野生植物四百十四种，图文并茂。其中采自先人探索成果的历代本草一百三十八种，新增二百七十六种。分为草类二百四十五种、木类八十种、米谷类二十种、果类二十三种、菜类四十六种。本书也对有毒物种的辨别与去毒进行了解说。譬如白屈菜，又名山黄连、断肠草，需加净土共煮以解除毒性。

朱橚是明太祖第五子，封周王就藩开封。朱橚好读书，对植物学、农学尤感兴趣，在开封专门辟地种植采集各类野生可食植物，通过观察实验而概括其特点。这是我国历史上首部对食用野生植物的研究专著，影响深远，引来后人纷纷仿效。

王磐《野菜谱》一卷，成书于嘉靖初年，著录可食野生植物六十种。王磐字鸿渐，高邮人，工诗能画，尤善音律。编辑《野菜谱》的目的，诚如“序言”所说：“饥馑之年，尧汤所不能免，唯在有以济耳。正德间，江淮迭经水旱，饥民枕藉道路。有司虽有赈发，不能遍济，率摘野菜以充食，赖之活者甚众。但其间形类相似，美恶不同，误食或至伤生。此野菜谱所不可无也。”为便于民众识别，采用上图下配三言歌诀讲解采集与食用方法。崇祯十五年（1642年），姚可成增补《野菜谱》六十种，达到一百二十种，定名《救荒野谱》。

周履靖《茹草编》四卷，成书于万历十五年（1587年），著录可食野生植物一百零一种。周字逸之，嘉兴人。

屠本畯《野菜笺》，成书于万历年间，著录《野菜谱》《茹草编》以外的宁波地区可食野生植物二十一种。屠字田叔，又字豳叟，浙江鄞县（今宁波）人。另有《闽中海错疏》记福建沿海海产动物，是中国早期的海产动物志。

鲍山《野菜博录》三卷，成书于天启二年（1622年），

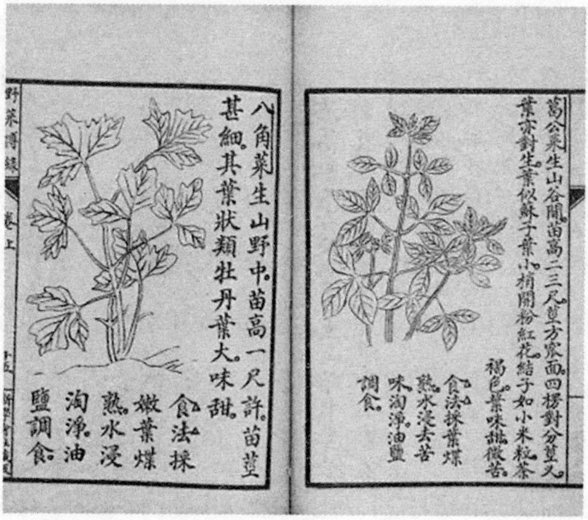

《野菜博录》[明]鲍山 著

著录江南地区可食野生植物四百三十八种。鲍字符则，婺源人。

徐光启《农政全书》六十卷十二目，刊于崇祯十二年（1639年）。其中“荒政”尤具特色，总结了历代备荒救荒政策得失，附录可食野生植物四百十四种。荒政观念，早在汉《氾胜之书》、北魏《齐民要术》中已露端倪，元王祯《农书·百谷谱》描述植物性状与栽培技术，附有“备荒论”，著录多种可食野生植物。

日常饮食物尽其用

古语讲“人非土不立，非谷不食”，“一方水土养一方人”，“水土”指的就是本地的物产。反季节与异地传输的鲜品极其罕见。

昔日食材异地交流受交通与保鲜技术的限制，极其困难，若想品尝异地风味，只能靠旅行，而不是物流。身处一地企图享用各地美食简直就是天方夜谭，即使皇帝可用的行政资源充分，也难以如愿。譬如，清代进贡产自渤海的石首鱼（黄花鱼），在春末夏初捕捞。北京离渤海不算远，农历四月初夏时节天气已热，石首鱼即使用天然冰保存，运到北京也已濒临变质。尽管不新鲜，但是若能吃上，也是一件美事。再如荔枝，如今在哪儿都能吃上，可是康熙以前，北京包括皇上在内没人吃过鲜荔枝。见过吃过的都是干荔枝。荔枝成熟采摘后，保质期很短，不过三天，所以福建、两广等产地待鲜荔枝下树，多以火烤烟熏使之迅速变干，以利保存和长途贩卖。

皇帝若想吃鲜荔枝，从福建快马向北京运，至少要九天，待到鲜荔枝到京已然腐烂不能食用。康熙年间创造运树法解决荔枝保质问题，每年由闽浙总督与福建巡抚各进二十桶，荔枝树移种在木桶里，船运北上。四月启程，七月初到京，荔枝刚好进入成熟期。清宫档案对此项进贡有详细记录。

长途跋涉，转运艰难，荔枝树进宫，内务府派员专门管理，并记录采摘情况。譬如乾隆四十七年（1782年）进贡六十桶，挂果四百七十三颗。七月初二日自落六十四颗，采摘十一颗，皇上食四颗，其余赏给妃嫔、皇子、王公大臣，除和裕皇贵妃得赏两颗之外，其余的人都是一颗。可见荔枝之珍贵。福建寻常的时令水果贡至北京的运输成本，平均每颗至少应该在五十两白银以上，差不多是七品官员的一年俸禄。当时若能得赐一枚鲜荔枝，不亚于当代受赠一辆豪车。正是因为采运成本惊人，所以节俭的道光皇帝一继位，便下诏停止了这项进贡。

这也就是皇上，能倾国家之力奉一家之享受，余外不要说平民，就是高官豪富也做不到。但对于旅行家就轻而易举了，到福建、两广可以吃个够。今天我们可以轻易享受世界各地的美味，乃是科技发达的结果。

本地物产决定了本地人的食物结构，人的口味是家庭饮食结构与本地物产共同铸就的。以北京为例，无论穷富，大都冬春吃储菜、腌菜，夏秋吃时令鲜菜。美国营养学家安玛莉·柯宾推介的饮食七大黄金法则，其中按季因时、完整食物、优先选择本地产品等三项，本就是先民的饮食习惯。

当代交通便捷，物流充分，食材已不受地域、季节限制，只要有钱，凡世间有的什么时候想吃都能吃上。尽管如此，同一食材存在着因生长地域、季节不同而味道不同。所谓不时不食的第一要义，就是尊重食材的天然生长期与生长环境。

由春天北京人日常饮食说起。春天尤其初春是一年中食物最短缺的时节，年前储存菜吃得差不多了，即使有剩余也严重脱水乃至干瘪，吃起来口感甚差。所以主要吃腌菜、豆芽、豆腐等，譬如腌疙瘩丝炒黄豆。经济条件好些的，偶尔能吃上洞子货。

洞子就是冬天培育蔬菜的温室。向阳搭建土房，前高后低，窗户糊东昌纸或高丽纸，屋内设火炕燃煤或柴火提高室温，元大都时已经产生。洞子菜一冬三收，供应可以到农历三月，以春节前后最为丰富，主要有韭黄、蒜黄、青韭、韭菜、菠菜、黄瓜等。

洞子货是反季节种植蔬菜，成本高、产量低，必然售价不菲，绝非寻常之家常能享用之物。偶尔买些价廉的如蒜黄、青韭等，也不过是借味改善一下口味而已。洞子货以黄瓜最为珍贵，明王世懋《学圃余疏》讲："王瓜（黄瓜），出燕京者最佳，种之火室中，逼生花叶，二月初即结小实。"《光绪顺天府志》卷五十讲："京师二月有小黄瓜，细长如指，价昂如米。"一根黄瓜刚上市时卖到二两银子。

二两银子在清末，如果雇一个保姆，支付两个月的工资富富有余，若要买鸡蛋，大约能买三百到四百个。说到鸡蛋价格，话题稍微扯远一点。皇上家吃的鸡蛋可不是这个价钱。光绪曾问师傅翁同龢，卿早上吃什么？

答曰三枚鸡蛋。光绪称卿家有钱。皇帝吃的鸡蛋，内务府报价三两银子一个，三个就要花费九两，九两银子在宫外至少能买一千二百个鸡蛋。因之，我常说顶级人物节约毫无意义，关键在于身边服务供应系统的建制是否合理、是否清廉。即使皇上想节省，但服务供应系统与皇上心思不一样，有时皇上的节省行为反而为相关人员提供了作弊贪污机会。譬如，道光皇帝比较节俭，袍子破了想织补再用，结果内务府报价一千五百两银子，这样的价钱可以做几件新的了。

刚刚说到黄瓜，这是张骞出使西域时期输入的品种，起初称胡瓜。那时域外移植的蔬菜瓜果大都冠名“胡”

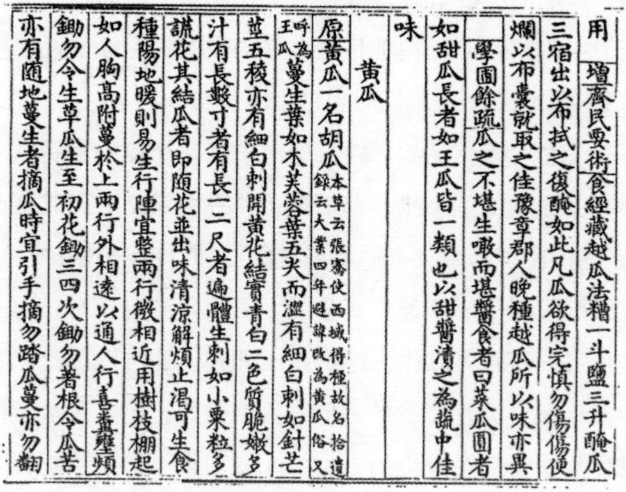

用
增齊民要術食經藏越瓜法糟一斗鹽三升醃瓜
三宿出以布拭之復醃如此凡瓜欲得完慎勿傷傷便
爛以布囊就取之佳豫章郡人晚種越瓜所以味亦異
學圃餘疏瓜之不堪生噉而堪醬食者曰菜瓜圓者
如甜瓜長者如王瓜皆一類也以甜醬漬之為蔬中佳
味

黃瓜

原黃瓜一名胡瓜本草云張騫使西域得種故名拾遺錄云大業四年避諱改為黃瓜俗又
呼為王瓜蔓生葉如木芙蓉葉五尖而澀有細白刺如針芒
莖五稜亦有細白刺開黃花結實青白二色質脆嫩多
汁有長數寸者有長一二尺者遍體生刺如小粟粒多
謊花其結瓜者即隨花並出味清涼解煩止渴可生食
種陽地暖則易生行陣宜整兩行微相近用樹枝棚起
如人胸高附蔓於上兩行外相遠以通人行喜糞壅頻
鋤勿令生草瓜生至初花鋤三四次鋤勿著根令瓜苦
亦有隨地蔓生者摘瓜時宜引手摘勿踏瓜蔓亦勿翻

清人汪灏编纂的《广群芳谱》里记载，黄瓜又名“胡瓜”

字，如胡萝卜、胡桃、胡麻、胡荽（香菜）。唐陈藏器《本草拾遗》讲，后赵时为避石勒胡人讳而改称黄瓜。

普通百姓基本上与洞子货无缘。除腌菜之外，常吃的当属豆芽、豆腐。豆芽、豆腐是中国的伟大发明。哥伦布远航探险，船员有得坏死病的。郑和下西洋每次船员都在两万七千人上下，却从来没有出现坏死病。究其原因，就是在船上发豆芽解决了青菜短缺问题。船员经常吃豆芽，身体不缺维生素C。

春天阳气转盛，但物产缺乏，食物选择单一，口味寡淡，油然而生调剂的涌动。中国人为什么选择年节饱餐畅饮，就是普遍贫穷、容不得平日随心所欲吃喝造成的。以吃喝庆祝节日，则拉开了美味享受的间隔，节日是个由头。若谁想在平日吃点好的贵的，一般来说也得找个由头说服家人，同时也是说服自己。

大吃大喝在寻常百姓眼中向来就是纯粹的浪费。不管吃上什么山珍海味，都不过是“香香嘴臭臭屁股”而已。俗语讲“宁买不值，不买吃食”。花大价钱用在吃上，不像攒钱买房子置地、买物品，可让自己更富有，内心更踏实，同时可以作为遗产传给儿孙。这可以说是国人千百年来对美食消费的一般态度。但是，逢年过节，即使日常饮食刻意节俭的人也要吃喝庆祝。如果不吃得丰盛些，在乡土熟人社会环境中是很丢面子的。在他人看来，你不是节俭，而是吃不起吃不上。

春饼、伙菜与酱肉

立春，二十四节气之首，无论贫富一定要聚会吃春饼。其习俗源远流长，可以上溯到秦汉。宋陈元靓《岁时广记》立春条引唐《四时宝镜》谓：“立春日食萝菔、春饼、生菜，号春盘。”刘若愚《酌中志》卷二十“饮食好尚纪略”谓：“立春之时，无贵贱皆嚼萝卜，名曰‘咬春’。互相宴请，吃春饼和菜。”和菜之“和”读“伙”，故又写作伙菜，譬如载涛《清末贵族之生活·饮食嗜好篇》中即是。现在流行称“合菜”，其实是对“和菜”的误读。我觉得还用“伙菜”更好，一来可以避免误读；二来意思更为贴切。“伙”含双重意思，既是多人聚会，同时也是多种食材的聚合。

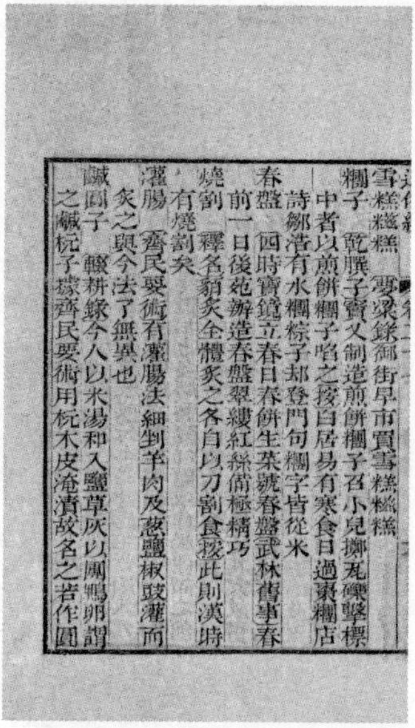
雪糕 糍糕 夢粱錄御街早市買雪糕糍糕
糰子 乾膜子實又制造煎餅糰子召小兒擲瓦礫擊標
中者以煎餅糰子啗之按白居易有寒食日過棗糰店
詩鄉落有水糰粽子郝登門句糰字皆從米
春盤 四時寶鏡立春日春餅生菜號春盤武林舊事春
前一日後苑辦造春盤翠縷紅絲備極精巧
燒割 釋名貊炙全體炙之各自以刀割食按此則漢時
有燒割矣
灌腸 齊民要術有灌腸法細剉羊肉及葱鹽椒豉灌而
炙之與今法了無異也
鹹圓子 輟耕錄今人以米湯和入鹽草灰以團鴨卵謂
之鹹杬子按齊民要術用杬木皮淹漬故名之若作圓

清人翟灏编纂的《通俗编》里对春饼的记录

伙菜的原料有肉丝、粉丝、豆芽、菠菜、青韭，要紧的是量要大。炒好后不用盘子盛，而用大号海碗。做法是葱姜炝锅煸炒肉丝，随后下黄酱煸炒后兑汤，下泡好的纯绿豆粉丝。待粉丝吸水涨开，下豆芽，翻炒之后下菠菜，出锅撒青韭。

青韭属于刚刚讲过的洞子货，俗称细毛韭菜，并非街面上常见的韭菜，现在这一韭菜品种基本绝迹。四十多年前，一小捆拇指粗细的青韭要卖到一角。20 世纪 60 年代，一个中学生一天的伙食费三角。

伙菜配料因人而异，经济的只用粉丝、豆芽素炒。另外也可以凉拌，粉丝煮好，豆芽焯过，以黑或白酱油、醋、淀粉作汁，外加蒜泥、香油凉拌。白酱油色浅黄，即不加糖色的酿造酱油。自从味精（当初称味之素）传入中国，亦有用精盐、味精、醋、香油、蒜末凉拌的。

其他入选的菜品有：木须肉、炒黄花木耳、肉丝韭黄、肉丝蒜黄、炒菠菜、肉丝青韭、醋烹豆芽、摊黄菜等。任选其中几样遂己所愿，并无一定之规。摊黄菜即摊鸡蛋，北京人比较忌讳说鸡、蛋这两字。譬如到饭馆点个炸八块，上来一看，原来是炸鸡块；鸡蛋一般称鸡子儿或鸡卵。据说这是明朝留下的传统。明朝太监机构庞大，权势熏天，仅北京就有太监一万六千多人，要占到当时京师人口的二十分之一。在社会生活中，人们很容易见到太监，为了避免尴尬与自我保护，所以尽量避免说鸡、蛋二字。

不过这种解释，深究则疑窦丛生。清朝是历代限制太监权力最成功的，虽然保留了太监，但人数大量减少。内廷事务不再由太监，而由内务府掌管，太监只限于宫廷内服役，禁止干政，禁止外出。因此，清代的北京人很难见到太监，也无须再对太监避讳。况且，顺治七年（1650年）初，北京内城土著已全部迁往外城（今前门、崇文门、宣武门以南旧城区域），内城变成来自关外的旗人居住区。外城尚能存有些明代遗俗，而内城旗人与此避讳习惯毫无关系，且内外城相比，内城永远引领时尚。隔过清朝谈习俗延续，恐怕难以服人，话语习惯的形成似乎应另寻起因。

吃春饼的佐料是甜面酱（亦可用黄酱）、葱丝。甜面酱最好加些香油上锅蒸以去其酱腥，蒸后再点些香油。葱切细丝。吃卷饼配洞子黄瓜条，过去极为罕见，有之则必是豪富，如今则出于个人喜好。饮食从根本上讲是个性的，绝无统一的标准。

春饼是初春美食，鲜菜基本上都是温室种植的。酱肉可以自制，也可以到盒子铺购买。盒子铺就是熟肉铺。如今名满京城的“天福号”，过去就是盒子铺。解释盒子铺千万不要望文生义，以为店家柜台上排放多个盒子，分别盛放各种熟肉。其实熟肉展示方式是切成丝、片或条，统一码放在一个直径二三尺的分格木屉中，一格一种都满满隆起的，木屉则放在一个大捧盒中。柜台后的货架上摞满了送餐的盒子，盒子铺因此而得名。盒子铺的优势就是熟肉品类齐全，同时也有烤鸭与烤方（炉肉），并可以随时外送。盒子铺无论大小、字号如何，牌匾之外，皆另挂“南式魁”匾。

昔日交通不便，远距离购物实为难事，一般人大都就近购物。盒子铺比较有名的如东四的普云楼，东华门的金华楼，护国寺的仁和坊，西单的天福号。没有哪一家盒子铺能够通吃全城。好在当年的买卖不论大小，大都中规中矩地经营，即使普通的猪肉铺，做出的酱肘子味道也不错。我幼年时，居住在东城现在的金宝街一带，住家附近椿树馆的酱肘子、熏鸡、酱鸭做得都不错。

吃春饼讲究所有的熟肉都切成丝。其中最主要的是酱肘子，再有小肚、炉肉、清酱肉、酱鸡、熏鸡、白鸡、酱鸭、白鸭、炉鸭（烤鸭）、咸肉、叉烧肉等。叉烧肉有京式、南式与广式之分；炉肉俗称烧方，选取猪肥瘦相间的较嫩部位，切成方块烤制。炉肉熬白菜还是冬春一道不错的汤菜。

清酱肉现在很少有人提起了，俗称“京式火腿”，制法类似火腿。选猪后腿，剜成元宝形，先搁缸里用盐腌，中间经不断翻缸。腌一些天以后，拿出来稍晾，再放到缸里倒入酱油，还需每天翻缸。如此再腌制若干天，捞出挂起晾干。之所以叫清酱肉，是因为老北京把酱油称为清酱。清酱肉吃起来的感觉比酱肘子要硬许多，正好符合饮食讲究软硬搭配，粗细搭配。咸肉即是盐腌猪肉晾干，咸肉与南方流行的腊肉如出一辙。

咸肉也好，腊肉也好，清酱肉也好，火腿也好，都是由于缺乏有效的保鲜措施产生的。先民很早就发明了肉类保质技术。我年轻时在雁北插队，难得吃上一顿猪肉，为解馋有时与同学到大同饭馆去吃熘肉片，从来都是咸肉做的。过去浙江金华火腿、云南宣威火腿是馈赠佳品，普通人难得的美味，现在民众健康科学意识空前高涨，大都抵制腊味与多盐，也就没什么人吃这些食品了。而真正的原因是保鲜技术已经进入家庭，鲜肉极其充足，也就没必要舍近求远了。

总之，吃春饼，主菜就是伙菜，没有其他肉类最好也要有酱肉。饮食是受经济条件限制的，富人可以讲究，却未必都喜欢在饮食上讲究；穷人只能将就；由富变穷的人讲究，那是穷讲究。没有酱肉，就以摊黄菜代之。同样，伙菜以素炒粉丝豆芽也无不可。

春饼亦称薄饼。旧日北京立春之际，流行说“吃烙薄饼”，很难听到说“吃春饼”的。立春是猫了一冬，难得开怀大嚼的机会，讲究足实甘味，所以饼要大，菜要足。春饼是烫面的，揪成剂子，按平中间涂香油，两张合一起，擀成径长八九寸的薄饼，放到铛里烙熟。吃时揭开，抹酱卷菜。现在很多人以为春饼与烤鸭饼一样，今天饭馆售卖的春饼也是小而薄的荷叶鸭饼，其实鸭饼并非春饼。鸭饼小而薄，只卷葱丝和几片鸭肉，饼大了反而不好。春饼则不然，大而稍厚，得保证几样菜卷在一起不撒不漏。若是真的像鸭饼那样大小，怎能包上许多菜？吃春饼最看重吃个足实。过去不管到谁家吃烙薄饼，主人都会殷勤地劝道“多搁菜，多搁菜”。

吃薄饼以撑着算。一张饼剥开成两片，取一片卷菜。卷法通用两种方式：一是分层，一是分段。饼抹酱、放葱丝后，分层就是把想吃的菜逐层码放，然后卷起折口以防撒漏；分段就是把想吃的菜分段码放，吃一口一种味道。前者享其合味，后者品其各味。

豆芽是春菜的大宗，到了馆子里则称掐菜，一定是两头掐去。家用没这么复杂，即使有用人也不见得要如此。掐菜素炒、醋烹之外，常见的是掐菜白鸡丝、熏鸡丝，掐菜白鸭丝、炉鸭丝，掐菜肉丝等。这在过去是时令应季菜肴，正好填补春季青菜短缺的问题。

春卷也是春天佳肴。春卷皮是白面摊出薄皮，馅料分荤素两种。荤馅是酱炒猪肉末，炒散放凉，包卷时放肉沫少许，搁上豆芽、一两根青韭或韭黄或蒜黄。若论价钱，青韭最贵，蒜黄便宜。素馅主要是豆芽，不过豆芽需事先焯水调味，包时也要放青韭之类味冲之物。包春卷，馅料不可太多，否则炸时不但易爆，而且皮层之间由于贴得太紧，不易炸焦炸脆。

冬令初春的麻豆腐

麻豆腐是北京独有的食品，是豆汁的沉淀物。豆汁、麻豆腐足以见证国人在饮食上的物尽其用。豆汁是提取绿豆淀粉时，浸泡绿豆磨浆滤出淀粉后的残渣剩汤，经过发酵而产生的。清乾隆初期开始流行，以至引起皇上关注，派员调查洁净与否，最终引入宫廷。豆汁不能滚煮，须微火慢熬。开锅滚煮，豆汁里的悬浮物散开沉淀，风味全无，所以熬豆汁，常是眼看锅开就添生豆汁降温。如今不一样，燃气火力很容易控制。

豆汁脱水沉淀就是麻豆腐。民谚“炒麻豆腐大咕嘟”，道出了做法的特点。粗分为两类，一是清真的：羊尾巴大三叉的脂肪丰厚，羊油脂切成丁，入锅炼油，炸得适中即可，捞出备用。然后下麻豆腐，微火慢咕嘟，讲究的不断兑豆汁，稍差的兑水，用时至少二十分钟，一定要通过加水将豆腥气彻底排放出去，油慢慢渗出。将熟之际，放入煮过的青豆嘴、黄豆嘴、胡萝卜丁、口蘑丁，再加上腌雪里蕻，这是比较齐全的。简化配料亦可，譬如只搁黄豆或青豆或雪里蕻，不然光炒也行。待到炒熟，将备用的羊油渣倒入搅拌，出锅倒在碗里，撒上青韭，浇上辣椒油。辣椒油必须是现炸干辣椒段。旗人比较喜欢吃羊尾巴油炒麻豆腐。

另一种做法是用植物油。油量要大，先炸黄酱，然后下麻豆腐，兑豆汁或水。配料选择还是上述那些，出了锅也是撒青韭，浇炸辣椒油。

炒麻豆腐拌米饭，用大白菜叶包上拿着吃，俗称“吃包”，曾在北京冬日十分流行。当代讲述旧京旗俗饮食的人大都认定，菜叶包饭是满洲人带到北京的。但考之史籍，此说似难成立。起码在明代这种方式就存在。明末太监刘若愚《酌中志》记宫廷饮食，就有莴笋叶包菜饭的吃法。吃包不限于麻豆腐拌饭，只要喜欢，任何炒菜拌饭都可以。

吃包大都要先“铺底”，铺底就是白菜叶上刷甜面酱或黄酱，放上葱丝。然后搁上菜拌米饭包严，饭不能太多，否则包裹不严会撒汤漏水。吃包非正餐，属于加餐类的点心。

清宫内亦吃包，慈禧膳单上就出现过炒麻豆腐拌米饭。所以有人把炒麻豆腐也列入慈禧喜食菜肴系列。我常想，喜谈饮食之人一般不做买卖，何必非扯上历史名人做广告吹嘘之事？炒麻豆腐再如何，也不会因慈禧吃过而身价百倍。假名人之威名推销菜肴，本是饭店经营者出于盈利之目的难免编造故事或夸大其词的行为。然而，凡是经营良好的饭庄，没有一家是靠扯名人把生意做大做强的。名人效应其实极其有限，毛氏红烧肉即是绝好例证，红火没几年便烟消云散了。人的嘴长在自己身上，如果饮食好恶不由己而被名人声威吓住，那就不是品尝，而是耳餐了。

树上的“菜”

树芽、树花亦可补春天青菜缺乏，诸如香椿、榆钱、柳芽、槐花、藤萝花等，不一而足。富察敦崇《燕京岁时记》谓：“三月榆初钱时，采而蒸之，合以糖面，谓之榆钱糕。以藤萝花为之者，谓之藤萝饼。皆应时之食物也。”

榆钱吃法多样。凉拌生吃，煮粥，做馅包饺子、包子，蒸糕皆可。以榆钱糕为例，将白面或白面与玉米面的混和发酵，使碱，加白糖，调成糊状。再将榆钱掺入面中或撒在表面，上锅蒸熟。凉、热两吃皆可。

晚春时节，紫藤盛开，正是吃藤萝饼的日子。做法各显其能，有自家应时制作的；有点心铺制作的，如翻毛藤萝饼；有饭馆制作的，如中山公园的来今雨轩的藤萝饼。方法用料存在繁简之别，但万变不离其宗。藤萝花摘下来，处理干净用糖腌制，然后加猪油或奶油或肥肉丁拌成馅。点心铺做面皮的方法比较复杂，面粉分别和成猪油酥面与水油面两种，各揪成剂子，按平叠加擀开，再叠起擀开，反复几次，然后包上馅料成小饼，烘制或烙制。

说实在话，我不觉得树芽、树花食品是美味。香椿佐餐炸酱面尚可，其他如点心铺的翻毛藤萝饼，不要说今天拒绝高油高糖的时代，就是在当初短缺经济的时代，吃这种点心也觉得齁甜糊嘴。这种剥夺植物生长的做法只能证明食物短缺。

春天过去，夏秋降临，物产愈来愈丰富，吃喝不用发愁。过去是穷人怕冷，富人怕热，如今是穷人怕热，富人多热也不怕。显而易见，冬天的生活成本高，不仅要取暖，衣食投入也远高于夏天。时代变迁，社会整体生存状况显著提升，如今穷人怕热了。天热降温的成本比较高，虽然家庭安装了空调，却往往因收入与观念问题，舍不得长时间使用。就饮食状况考察，过去是穷人吃糠咽菜，富人大鱼大肉，现在是穷人吃肉，富人吃药。如今营养保健药品多如牛毛，经“专家”、商家一齐上阵，真的俘虏了数不清的求长寿、求健康、求平安的有钱人。

不可否认，饮食需要健康意识，但是绝不要被僵化的、炒作的、偏执的宣传左右。传统的不时不食与宁饥勿过，值得继承并发扬光大。不时不食含两重意思，一是就近选择本地物产，什么上市吃什么，少吃反季节食物；二是进餐时间固定，三餐之间，基本上不进食。

拍黄瓜　炉眼茄子　清酱茄

夏日蔬菜琳琅满目，不但选择宽泛，而且大都可以生食。在此举几个例子。

冬日洞子黄瓜昂贵，入夏黄瓜价廉，几乎家家拍黄瓜。拍黄瓜最常见的是拍碎盐腌滗汤，放醋、香油或芝麻酱、蒜泥搅拌。也有不放蒜而放鲜姜丝的，如此做法别有风味。

炉眼茄子，就是拌茄泥，做法体现了物尽其用精神。现在做饭用燃气，可以随意开关，在以煤作为主要燃料的时代，家家要精心伺候煤炉，既要省煤，又不能使之断火。中午做饭后，要封火保持煤炉缓慢燃烧，待到傍晚再启封添煤做晚饭。封火后火炉仍散发热量，这点热量也不能浪费，用之为晚餐做一道菜。封火以后，炉眼盖上铸铁炉盖，再搁瓦片，茄子洗净就架在瓦片上，扣花盆或铸铁锅慢慢烘烤。傍晚煤炉启封时拿出茄子晾凉，剥皮搅碎，加盐、芝麻酱、蒜泥拌匀。在味道上，烘烤茄子比起蒸茄子优势就在于水分蒸发得比较充分，吃起来更黏稠。如果觉得芝麻酱造价高，就用韭菜末、香油与盐拌之，还可以加些香菜末。芝麻酱在票证时代也是稀罕物，一个副食本每月只供应二两。

暑热必思冷食。清酱茄，可谓夏日经济祛暑菜肴。清酱茄的做法，茄子切成滚刀块，放到阳光处曝晒，晒至抽水发蔫。炒锅上火注入水，加酱油、大料（八角），放进茄块与水发黄豆慢煮。煮熟后倒入海碗晾凉，吃时撒葱丝，浇炸花椒油。一般家庭大都是午后做，晚上吃。清酱茄可谓时令佳肴，尤其符合当代少油的健康饮食观念，又称独咸茄。酱油虽普通，但比起盐要贵许多，记得四十多年前，一级酱油一斤二角六分，二级酱油一角五分。经济条件差与刻意节俭的人家，则不用酱油而用上年腌菜保留下来的咸汤煮茄子，味道一点也不差。

四季通行的面条与馅货

四季通行的饮食，当属面条与馅货了。馅货包括包子、饺子、馅饼等，凡是包馅的饭食，北京人都称之馅货或馅活。面条可以说是全民都能接受的食品，南方人多不爱吃面食，但能接受甚至喜欢面条。面条与馅货的优势就是饭菜合一，无论做还是吃，都比较简单。昔日熟人见面相互问讯——“今天中午吃的什么？”“吃的楼下。”一听就明白了，肯定吃得简单。要说“吃的楼上”，肯定比较复杂。旧日带楼的馆子，通常是楼下小吃、楼上米饭炒菜。所以，“楼上”指的就是米饭炒菜。

炸酱面可谓北京人最爱的饭食之一，可以一年四季久吃不腻。如今老北京炸酱面馆满大街都是，有的甚至打出百年老店招牌以招揽客人，这是极其荒唐的。老北京炸酱面馆遍地开花是改革开放的产物，倘若自称三十年老店还说得过去。此前北京没有专营炸酱面的面馆，小馆卖炸酱面，也仅是食单中的一种。

炸酱面纯系日常家庭饭食，炸酱、面码、面条怎样做，各家遵循自家习惯，绝对没有统一标准。因之，所谓某家炸酱面正宗，某一烹制方法正宗，皆是自我吹嘘，与广告虚词无异。自家做自家吃，没哪家不正宗。若论开店经营，只有好吃不好吃与上座多少的问题，而没有正宗不正宗之说。

炸酱面首先是炸酱，有肉炸酱、素炸酱、茄丁炸酱、鸡蛋炸酱、虾皮炸酱等。酱可以是黄酱，或是甜面酱，也可以是二者按个人喜好比例混合。

通行的是肉炸酱。无论媒体美食节目还是美食家，大都推介五花肉，也许今日的“金五花”属于猪肉拆分卖得最贵的部分，吃“正宗”炸酱面，岂能不择其最优？我个人认为还是用猪前腿比较好。前腿肉肥瘦分明，分别切成丁，起锅注油，先下肥肉丁稍煸，再下瘦肉丁、姜末葱花翻炒，然后下黄酱。火力忌猛，温火以下，不断点水搅动，大约炸二十分钟以上。不断点水是为了让酱腥气随水蒸发，起初是油酱水混合，经过不断点水慢炸，水汽变小，油从酱里渗出，酱色发亮就炸好了，撒上葱花，倒入碗中。再如鸡蛋炸甜面酱，一定要油宽火微，火力绝不能达到中火以上。面酱主要成分是白面，猛火一炸容易焦糊，口感必苦。若用黄酱火力可以稍大。

讲究的炸酱面一定面码丰富。晚春时节鲜货争奇斗艳，鲜嫩惹人喜爱。谷雨前后香椿发芽，正是吃炸酱面最佳季节。另外新蒜、青蒜、黄瓜也陆续上市。炸酱面亲民，面码选择宽泛，无非时令鲜菜，诸如水萝卜、大白菜、豆芽、老蒜、黄豆、青豆、小萝卜、菠菜、芹菜等。

面条分抻面、手擀面、切面，家庭多是手擀面与小把抻面。面条煮熟捞出，分锅挑与过水两种食用方式。锅挑直接入碗，以头锅最佳，因水清而面滑利落。过水则天热过凉水，天冷过热水。拌面似乎要讲点程序，先放菜码浇油稍拌，然后放酱。其中缘由，先用油锁住菜码水分，如果油酱一起搅拌，菜码遇盐立即出水，酱泻成汤，吃起来影响心情。

炸酱面之外，平民经常食用的还有打卤面、浇氽面等。打卤的方法，先白水煮去皮大块猪肉至六七成熟捞出，肉汤放酱油并加入水发择净的木耳、口蘑、黄花、鹿角菜等。大块肉改刀切成大片放入锅中，稍煮勾芡，甩鸡蛋液，炸花椒油浇上。打卤面造价较高，一般人只是在过生日、做寿时才吃。

浇汆面种类繁多，凡另作卤拌面的皆可称之浇汆。譬如夏日常见的西红柿面、茄丁面、榨菜肉丝面，冬日的白菜肉丝鸡蛋浇汆面，等等。西红柿又称洋柿子、番茄、番柿，原产南美州。16世纪初叶自墨西哥传到西班牙、葡萄牙，随之传遍欧洲。17世纪晚期传入中国，清汪灏《广群芳谱·果谱附录》谓之："番柿，一名六月柿。茎似蒿，高四五尺，叶似艾，花似榴，一枝结五实或三四实。来自西番，故名。"虽传入较早，但长期作为观赏植物，直至20世纪初，才开始小量种植食用。北京西红柿大量种植的时间更晚，大约在20世纪60年代。因之，西红柿面的历史不过六十年。白菜肉丝鸡蛋浇汆面，肉丝煸锅炒白菜丝，放酱油，然后兑水煮熟，撒摊鸡蛋丝。

平民平日吃饭无不遵循经济实惠，天冷吃热汤面，天热吃过水面。无论汤面还是过水面，种类繁多数也数不清。汤面最简单的莫过香油酱油面了，即碗中放少许酱油香油与葱花香菜末，面煮熟连汤带面盛入碗中，犹如江浙的阳春面，只不过阳春面放的是猪油。羊肉浇汆面虽称之浇汆，实际上是汤面。葱丝、姜丝、香油、酱油煨羊肉片，待面条煮得将熟之际，将煨羊肉片倾入锅中，再点些香油，撒上香菜末。

过水面属于凉面，其中最能够体现物尽其用精神的当属咸汤面。咸汤是冬天腌咸菜的剩汤，在前述独咸茄里也出现过。春天来临，年前所腌咸菜所剩无几，即使剩余较多也要尽快处理，因天气迅速转暖，咸菜也逃不过发霉变坏。咸菜处理完毕，剩汤也不能倒掉，而是沉淀滤除杂质，加大料、花椒、小茴香等香料熬煮之后，倒入瓶罐之中储存，可以替代酱油使用。吃咸汤面时，将些许咸汤注入碗中，浇上炸花椒热油。与此类似的是炸花椒油酱油面、醋卤面，做法相同：碗里放入酱油，炸花椒油浇上；醋卤则是酱油、醋与炸花椒油。芝麻酱面稍显奢侈。所有的过水面都要配时令鲜菜做面码，最不济也要有条黄瓜陪伴，否则吃起来寡然，降低食欲。

历史上，平民过日子精打细算，不花一分冤枉钱。倘若缺乏这种精神，应该讲穷人很难活下去。腌菜剩汤仅存的些许盐分都要收集起来物尽其用，这是何等爱惜天物的精神。今日中国倘能继承发扬这一精神，我们的环境、生态会比现状好许多。众所周知，中国的资源现实严峻，实在经不起浪费与折腾。但令人痛心的是土豪、大爷、少爷作风蔓延，充斥社会。

馅货，也称馅活，大宗的是饺子、包子、馅饼。理论上讲无菜、无肉不可入馅，今日入馅的肉菜品种极为丰富，让人目不暇接。譬如饺子专营店有西红柿、辣椒、茄子、香菜、野味、海味等多种馅料，难以尽数。菜肉既然可食，做馅自可任选搭配，本无深奥可言，可是先民用之做馅的食材远比今日简单。究其原因，先民尊重食材特性，扬长避短，想方设法让食材效益、味道发挥到极致，尽量避免营养因烹饪不当而流失。譬如冬季的大白菜，最外层常用来做玉米面团子；次外层用于饺子、包子；白菜心则生拌，弥补鲜菜的不足。

饺子吃过多种，比较怀念的当属菠菜篓与硬面素馅饺子。

菠菜篓是菠菜馅的大饺子。菠菜是输入品种，原产伊朗，称波斯菜。因耐寒，生长迅速，南北各地普遍种植。几十年前，北京本地种植的菠菜到了晚春初夏即长到一米。如果做菜，一般要去叶留秆，用肥肉丝加黄酱烹制，称之炒菠菜秆。

菠菜大量上市之际，已过了鲜嫩佳味期，然价廉量大，恰好符合菠菜做馅必须量大的需要。具体做法是将菠菜焯水，剁碎挤干，肥肉切成碎丁，加葱姜黄酱稍煸炒后起锅，放入菠菜，点些香油拌匀。饺子皮要大要薄，挤饺子方式似乎更适合，所谓篓就是要兜大馅。下锅煮熟，饺子碧绿，惹人喜爱。吃时佐以醋蒜与芥末。让我记忆犹新的是在一个朋友家吃的，他家曾开过饭馆“陞元斋”，以焦圈闻名北京，可以做到伏天放置一周而不皮。用肥肉而不加瘦肉，就是为了中和菠菜的苦涩，而保持菜香与进食的口感。当然菠菜馅的做法不止一种，各家自有各家习惯。

我的一位舅爷是京剧老旦票友，不但戏唱得苍老有味，而且会吃能做。我在他家吃过的以海米、口蘑、黄花、木耳、粉丝、鸡蛋做馅的饺子，口感味道至今难忘。俗谓“硬面饽饽，软面饺子”，可是舅爷用的却是硬面饺子皮，记得面擀起来比较费劲。经营性的饺子馆不可能使用硬面，那样不但增加劳动强度，而且影响面皮供应速度。凡是一次能擀出十几个饺子皮的，面都很软。海米、口蘑等食材皆是久煮不易软烂的，因之，选择硬面皮迎合馅料品性，让人食用时口感、齿感一致，这真算得上品味的智慧。饮食之事绝不能拘于所谓的格言，面皮软硬必须趋从馅料特性。譬如上面所说的菠菜篓，就非使用软面不可。

街头食摊

一般而论，平民解馋能经常去的就是街头食摊与小馆。平民常因囊中羞涩难进饭庄大馆，富人却可以大小馆、食摊通吃。现在推介旧京街头传统小吃，往往抬出各界名人造势宣传，仿佛名人曾经吃过就不再普通而身价倍增。其实，这一做法极为荒诞，把人之本能的吃也分作三六九等，无形中默认名人的嘴比常人金贵。

街边食摊、小馆饭食价廉亲民而且花样不少。凡食摊小吃，烹饪技法以烧、煮、蒸、炸为能事，基本上没有炒。小馆虽然炒菜，但缺乏山珍海味，以大众普通菜肴为主。

豆腐脑与老豆腐

豆腐脑与老豆腐虽都是豆腐，却是两种食品。如今豆腐脑常见而老豆腐罕见。某次去崇礼小住，到街上一家饭馆吃早点，见食单上有“老豆腐”，我说“好，今天得来一碗”。结果上来一看是豆腐脑，大失所望。

豆腐脑细软，豆浆点石膏少。佐料卤汁有清真与大教之分。清真的用羊肉片或羊碎肉、口蘑、酱油、淀粉打卤，浇炸花椒油，吃时平铲盛起一块豆腐脑入碗，浇上卤淋上蒜汁或辣椒油，配烧饼或油饼。卖豆腐脑的食摊、小馆多如牛毛，凡做早点买卖的几乎无不出售。前门大栅栏门框胡同的白记豆腐脑比较有名。汉民的用猪肉汤，有无碎肉皆可，黄花、木耳、口蘑、酱油打卤，浇炸花椒油。豆腐脑是通行全国的食品，只不过各地称法不同，佐餐味料也不同。如四川称豆花，多用麻辣味，如酱油、花椒粉、豆豉酱、辣酱、熟油辣椒、味精、葱末等调味。

老豆腐则点卤较多，肉质密实水分少，久煮不散。一般在午后售卖。吃时，从微开的锅中舀出一块放进碗中，浇酱豆腐汁、韭菜花、辣椒油，与豆腐脑的味道口感大不一样。食用时配火烧、烙饼、玉米贴饼子都不错。

面茶　茶汤　油茶　杏仁茶

面茶、茶汤、油茶与杏仁茶，如今仍然存在，但社会认知度相差悬殊。四者比较，面茶的知名度最高，其他三项似乎只能在庙会上见到。面茶形同糨糊，是用糜子面做的，今天的面茶用小米面稍加些玉米面熬制。食用时浇芝麻酱撒椒盐。糜子面略含苦味，芝麻酱椒盐正好将其遮住。不少人都讲面茶要沿碗口转圈喝，个中原因就是保证表面的芝麻酱随喝随降，每喝一口都有芝麻酱。转圈喝虽有道理，但也不必奉为金科玉律。用勺喝也未尝不可，但最好不要搅动，一勺挨着一勺喝。

茶汤的原料也是糜子面，与面茶有些相似。碗内放少量凉水调稀糜子面，加糖与桂花。用龙嘴大铜壶烧滚水冲成糊状，撒青丝红丝、芝麻、核桃仁、果脯、葡萄干、京糕条、瓜子仁等。茶汤买卖分流动串街、固定摊点与门店经营三种，无论哪种都是不仅冲茶汤，也冲油炒面

20 世纪 30 年代北平街头卖茶汤的

（油茶）、藕粉。比较有名的是天桥的“茶汤李”。

茶汤的历史至晚可追溯到明代。明沈德符《万历野获编》卷二十四谓：“京师向有谚语云：‘翰林院文章，武库司刀枪，光禄寺茶汤，太医院药方。’盖讥名实之不相称也。”《光绪顺天府志》卷七十引《戴斗夜谈》谓京师有十可笑：“光禄寺茶汤，太医院药方，神乐观祈禳，武库司刀枪，营缮司作场，养济院衣粮，教坊司婆娘，都察院宪纲，国子监学堂，翰林院文章。”把光禄寺茶汤列于首位。光禄寺是操办朝廷筵宴的衙门，机构庞大，供应的食品多是遵循惯例糊弄了事。上一讲已做解读，不再重复。

“太医院药方”同样是中看不中用的。中国传统一向认为食药同源，中药实际上是饮食的副产品。古语讲神农尝百草，就是从采集时代开始，逐渐积累的辨识野生植物药性、毒性的经验记忆。中医乃经验之学。时至今日，祭起“宫廷秘方”推销养生保健品的商业活动甚嚣尘上，竟然有人深信不疑。其实，宫廷根本不存在所谓的秘方，有的只是成方、验方。帝后妃嫔治病，只能保证药材品质优良，却不见得能得到最佳医术。即使存在良医优法的机会，但体制所限，哪位医生也不敢在帝后身上冒险，治病首选稳妥，规避风险。帝后生病，太医会诊形成的处方，不敢也不能贸然增加药量或更改成方药剂配伍。当然，谁不希望治愈帝后的病，以换回优渥圣眷，但是治愈期望总是伴随着治坏可能，而后者的代价远比前者的收益大得多。因此，“太医院药方”讽刺的就是太医院循规蹈矩的保守作风，只能开出守成的平安方。

皇上生病、治疗与常人无异，只是过程复杂，经诊脉、会商、开方、煎药、尝药、进药等程序。每一环节都是多人共同参与，全程记录，签字画押留下底案，以防范医疗事故或政治悲剧。显然，当代商业炒作的宫廷秘方，本无秘密可言。倘若非要假“秘方”创造品牌，促销谋利，那么宫廷医学最值得仿效的是药材质量。没人敢用伪劣产品糊弄皇上，只要太医院开出药方，保证能按方配全最好的药剂。

油茶，即油炒面，炒法分香油与牛油两类，食用甜、咸均可。讲究的油炒面用牛髓油或奶油，掺入瓜子仁、核桃碎、芝麻碎。食用时也是先用温水稀释，浇冲开水搅拌。油炒面是居家、旅行两便的快餐。

杏仁茶，又称杏仁酪或杏酪。清朱彝尊《食宪鸿秘》上卷“杏酪”谓：京师甜杏仁用热水泡去皮，加水磨碎后，“用绢袋榨汁去渣”，随后加白糖熬熟，热饮。熬制时除白糖外适当加些糯米、大米浆与牛奶，味道更佳。

苏造肉　卤煮火烧　炖吊子

苏造肉又称苏灶肉，一般认为源于苏州。乾隆四十五年（1780 年）南巡，带回苏州厨师张东官，在宫中设立专门厨房由其掌勺烹饪苏式菜肴，时谓之“苏灶”。我查阅过的《膳底档》也少，张东官之名出现较多，而未见名为苏造肉的菜肴。譬如乾隆四十五年二月十五日《节次膳底档》记乾隆在扬州天宁寺行宫晚膳，张东官做火薰东坡鸭子一品，次日晚膳有张东官做烩苏肉一品。烩苏肉可能就是苏造肉，膳单一向只记菜名和制作人，而无技法。苏造肉是否由宫廷传向社会，尚需史料实证。

揆诸常理，北京乃帝都，四方流寓人口甚众，南北大运河流域是皇朝经济核心区，交通便利，人文繁盛。因之，苏式烹饪技法传入北京不是难事，不必非要经过皇帝南巡引入。史玄《旧京遗事》说，明代京师人婚丧嫁娶、节庆聚会筵席，“以苏州厨人包办者为尚，余皆绍兴厨人”。可见京师苏州厨帮早在明朝就已形成规模。苏造肉实质上就是苏式炖肉。昔日北京少见红烧肉之说，一般称炖肉。猪肉首选前腿切块，或焯水或直接兑水炖煮，加葱、姜、大料、桂皮、砂仁、肉蔻、小茴香等香料，锅开放酱油，转为微火慢炖。因肉质天成，炖一锅肉满院飘香。苏造肉做法类似，用丁香、肉桂、砂仁、甘草、豆蔻、广皮等十几味香料。与京式炖肉相比，苏造肉首选五花肉，添加香料更为丰富，并根据季节增减；最大不同是用冰糖较多。南人尚甜，北人尚咸，为迎合北京人口味，炖制苏造肉很快减量乃至舍弃了冰糖。

民国初年，皇城城隍庙（今府右街北口路西的永佑庙）周记苏造肉比较有名，据说有祖传秘方，肉烂汤醇。

唐鲁孙《中国吃》里有一篇《二谈北平的独特食品》，推崇什刹海荷花市场“每年只做一季买卖”的冯记食摊“苏造肉”。在介绍摊主老嘎时说：“据说老嘎在光绪末年，跟御膳房高首领当过苏拉，学会了做苏造肉。御膳房有一本《玉食精诠》，各种膳食的做法分门别类，大约有上万种之多。这本书说俗了，也就是皇家食谱，历代帝王，均有增添，所以洋洋大观，集成二十多本。可惜宣统一出宫，这本书也没下落了。”《玉食精诠》纯系摊主自吹，作者照录之笔。宫中有完整的卷帙浩繁的《膳底档》，无须作精诠提要本。帝后饮食起居本属宫闱秘事，一向禁止外传，怎能作袖珍本以利携带传播？

历史上留下比较详尽记录的豪宴当推南宋张俊进御宋高宗之宴。司膳内人《玉食批》广为人知，厨师亦奉为经典。不过《玉食批》（说郛本）仅五百五十字，远不如周密《武林旧事》详细，况且记录的并非南宋宫廷饮食，而是清河郡王张俊专门为皇上到来而精心准备的佳肴。《玉食精诠》之名可能是受《玉食批》的启发而命名。

卤煮火烧，是从苏造肉配火烧发展起来的。雪印轩主《燕都小食品杂咏》谓："苏造肉者，以长条肥肉，酱汁炖之极烂，其味极厚，并将火烧同煮锅中，买者多以肉嵌火烧内食之。"夹肉犹如陕西的肉夹馍，也是肉从锅中捞出粗剁夹之。夹肉的火烧不同于煮的，前者半发面油盐烙烤，后者死面无油盐只烙不烤。苏造肉煮火烧虽为街头吃食，但毕竟猪肉价钱较高，穷人难以经常食用。因之，为降低售价，必须降低成本，常以猪头肉替代五花肉，同时增加相对廉价的肺、肠与炸豆腐。食用时，火烧、下水、豆腐依次捞出粗切放入碗中，另切一二片五花肉或猪头肉放置其上，浇汤，根据个人喜好加香菜、蒜汁、辣椒油、醋等。

早期的卤煮，肉片不可或缺。如今肥肉片不见了，倒也符合健康观念，但肠子也日渐稀少，一碗卤煮几乎是肺头主打天下。公私合营以前，街上肩挑、挎篮、推车的流动商贩与固定食摊依然保持传统风范。我幼时家教甚严，不许我们兄弟姐妹吃街边小吃，倘被发现，少不了面壁罚站反思。可是世间没有哪位儿童能完全听从家长指令成长，所以，那时偷偷吃过不少街头食品，不过因随先严吃过些馆子，加上家庭饮食习惯铸就的口味偏好，许多食品吃过就不想再吃。卤煮火烧也曾见过，但微微的臭气让我望而却步，很怕吃过回家被闻出气味。直至到西城上高中，才在西四小吃店第一次尝试。吃过油然而生原来如此，后来便不再吃。饮食偏好谁也不能成为谁的标准，我不遵从你的口味偏好，犹如你不依从我的一样，彼此尊重各行其是。

炖吊子和卤煮火烧可谓近亲。传统把烧水的壶罐称“吊子”，譬如铁壶称铁吊子，铜壶称铜吊子。炖吊子用高腰砂锅炖制猪下水肚、心、肺、肠等，唯独没有肝与腰子。

羊霜肠　烧羊肉　炮羊肉　爆羊肉

羊霜肠又称羊双肠，也属于物尽其用的食品，如今基本绝迹。羊肠翻过洗净，灌入加盐的羊血，两头扎紧略烫使血凝固，切段加葱姜花椒与羊骨、羊边角碎料一同慢煮；或整根直接慢煮，吃时再切。因羊肠油脂泛白如霜，故称霜肠，食用时肠段与汤入碗，加芝麻酱、辣椒油、醋、香菜末、葱花。早期的羊霜肠并不认真清洗，特别是用水不方便的时代，甚至是羊宰杀后直接灌入小肠中。所以清末才会有竹枝词《天桥杂咏》里的“纵使荤腥胜苦脏”与“清贫难得肥甘味”之咏。古往今来凡是在恶劣环境中得以生存的人，肠胃功能肯定超乎寻常。凡是稍带腥臭异味的吃食，总缺不了辣椒油与香菜。香菜十分奇妙，竟可以让腥臭异味立刻改观。

羊霜肠可能是游牧民族留下的风味食品。北京自辽南京到元大都，四百余年的民族饮食文化融合，形成多民族广地域兼容混搭的饮食特征。我常说食材之间本无高下，寻常之物经过精湛厨艺锻造，照样成为美食。明代宫中正月期间的所尚美味就有羊霜肠。

唐鲁孙《北平小吃——羊双肠》介绍崔老太太（刘喜奎）所做的羊双（霜）肠：“双肠是买回羊肠、脑、血，自己灌的，血多则老，脑多则糜，血三脑七，比例不爽，吃起来才能松脆适度，入口怡然。凉拌缺点是外咸内淡，只能佐酒，她用口蘑吊汤，加上虾米提味，把每节肠衣上多刺几个小洞，下水一氽，不但熟得快，而且能够入味保持鲜嫩脆爽。”这是贫民版羊霜肠的提升，而非街头摊食。任何吃食在烹饪上都有精致与否之分，精致必使投入成本高，难于市场推销，失去平民吃食本意。羊霜肠以荤腥价廉而深受贫者喜爱，所以才能食摊遍及街头，叫卖则喊“羊肚开锅”。

烧羊肉虽称烧，却是油炸炖羊肉。旧京俗谚“羊肉床子猪肉杠”。卖羊肉的有案子，卖猪肉的起先没有，只是木架支起的墩子。可能是羊肉难割，而猪肉易割，故有“羊肉滚刀筋，猪肉刀刀断”之称。一般较大的羊肉床子，在午后大都制作售卖烧羊肉。

烧羊肉的做法大致是以葱、姜、稀黄酱、香料、冰糖等慢炖大块羊肉，煮熟后捞出控汤，吃时入油锅急炸至表皮酥焦，取出改刀码盘。烧羊肉一般在仲春到深秋季节售卖。烧饼夹烧羊肉，堪称北京时令佳味。买烧羊肉的顾客常常带着碗去，就是为了要肉汤。端回家去，下碗面条浇上肉汤，撒上香菜与羊肉碎渣，吃起来味道不错，也省事省钱。烧羊肉最好用张家口以北草原的阉羊。

炮羊肉如今都写作爆羊肉，其实两者烹饪技法显有不同。炮羊肉的炮读包，延续了古意古法。一般是食摊与小馆的做法，肥瘦羊肉片以酱油等佐料调味或否，烧热浅底鏊子或饼铛，不放油直接迅速煸炒烹水，若事先未加味，则要放酱油、酱豆腐汁，随之放斜切滚刀葱片与香菜。街头炮羊肉犹如街头烤肉，大都是就铛食用。摊主小贩不吆喝，而是锅铲敲铛招呼路人。饭庄里的炮羊肉方法复杂些，有的也改称爆羊肉。做法粗分两种，一种是与炮法大致相同，只不过改用炒勺，锅烧热后加香油、花生油，肉片入锅爆炒，有的出锅前点姜醋汁，再加葱与香菜。另一种是肉片加少许葱姜蒜、酱油、酱豆腐汁与水淀粉调制，炒制与前一种相同。

灌肠　熏鱼儿

灌肠分大小两种。大的高级些，肉泥加淀粉与佐料灌进大肠中，煮熟后切段油炸或压扁两面油煎。当代许多人把这种灌肠认作是清代流行的炸假鹿尾的简化普及版，这一说法多少有些牵强附会。大灌肠在做法上虽与假鹿尾近似，却不是清代才有的。至晚明代北京就有此吃食，刘若愚《酌中志》就记录了“猪灌肠”与“灌肠”。

小灌肠极为简单，用红曲水和白薯粉，有的还要加豆腐渣，团成圆筒状，上锅蒸熟后切片油煎。现在的灌肠都是灰白的，偷工减料，不再添加红曲。红曲不是化学色素，而是紫红曲霉，用来发酵白米便成红曲米。

灌肠自问市就称煎灌肠而不称炸灌肠。当代主打北京风味的饭馆则称炸灌肠，倒也名至实归，是将熟淀粉片放进锅里炸。传统的则是用铛只煎一面。

普通煎灌肠大都没有店面，基本上是食摊。高级些的肉灌肠才有店，例如后门桥的福兴居、合义斋。记得幼时一次随家母去隆福寺购物，那时尚未公私合营，摊贩林立，仍是庙会形态。见有灌肠食摊，支着白布篷，甚感新奇，于是再三磨家母，终于吃上了，记得是五分钱一盘。想象的美味与欲吃的冲动，常常在吃上的那一刻烟消云散，那次经历就是如此，没吃几片就放下了。煎灌肠的情景依稀记得，灌肠切片并不用案板，而是拿在手中旋切成一边薄一边稍厚的斜片，大铛斜置于火上，高处堆放灌肠片，低处放油，有买者，推下一些入油，手铲压住油煎，遂抄底翻入盘中，浇盐蒜汁，用竹签吃。灌肠只煎一面，符合口感软硬兼顾的需求。淀粉黏性大，炸之不易脆只是硬，故而要在好嚼与磨牙之间寻求适度。如今的炸灌肠，吃起来极其费劲。

传统的煎灌肠首选猪汤油，即炖肉、炖排骨撇出的油。这种油融进了佐料香味。但做此类买卖的小贩使用的往往是混合汤油，包括折箩菜的油汤、马油、鸡鸭油等，几乎无所不包。即使油质很差，照样有人吃，关键是肚子素的人多，一见油腥便呈满足感。

熏鱼儿，属于走街串巷流动小贩经营的吃食。唐鲁孙叙述此类流动小贩十分有趣，不妨移录于此：

> 熏鱼炸面筋，背着红漆柜子满街吆喝熏鱼炸面筋，可是这两样吃食，十问九没有。他所卖的大半都是猪头上找，再不就是猪内脏。卖熏鱼的有帮，十来个人就成立一个锅伙。大锅卤，大锅熏，然后

背起柜子各卖各的。(《北平的独特食品》)

北平卖熟食，向来分红柜子、白柜子。因为卖羊头肉、卖驴肉柜都是不加漆，所以大家都叫他们白柜子，以别于卖熏鱼的。驴肉也是冬天晚上下街来卖，是下酒的绝妙隽品，尤其是喝烧刀子吃驴肉最够味。卖驴肉的暗地里都卖驴肾，可是您叫住卖驴肉的，跟他说掌柜的您给我切多少钱的驴肾，准保他回您没有。如果您跟他说切多少钱的钱儿肉，他立刻从柜底拿出来切给您。切这种肉有个规矩，一定要斜着切，所以又叫斜切。北平有句俏皮话是“烧酒钱儿肉，越吃越没够”。可见钱儿肉，也有它广大的主顾。(《二谈北平的独特食品》)

卖熏鱼儿的以卖猪头肉为主，兼售猪肝、肥肠、猪脑、口条、鸡蛋、豆腐干等熏制品。偶尔制作熏黄花鱼、对虾与螃蟹。逢买主以盖板反面薄切肉片如纸。所谓钱肉，并非驴肾而是驴鞭，因中间有孔切片后形似铜钱，故命名为钱儿肉。熏品大都是食材经煮或炸熟后烟熏，南方流行用红糖茶叶熏，北方流行用柴木锯末，以榆木、松木为上。榆木保持食材本味，松木带松香味，柳木带青气味。表皮红亮的皆染过焦糖色或红曲。

二荤铺　小馆　大酒缸

平民解馋除食摊之外，能经常光顾的只有二荤铺与小馆。二荤铺也可称小馆，但小馆不一定是二荤铺。

旧日北京茶馆林立，分大茶馆、清茶馆、酒茶馆、书茶馆、野茶馆等。茶馆兼卖饽饽、吃食的，又分成红炉馆、窝窝馆、搬壶馆与二荤铺。

红炉馆设炉烘烤满汉饽饽；窝窝馆以小吃点心为主，江米艾窝窝之外，还有甜咸荤素各种焖炉烧饼、马蹄烧饼、糖耳朵、蜜麻花、黄白蜂糕、盆糕、喇嘛糕之类面点小吃。搬壶馆大抵如是，经营上颇具江南风情。搬系指搬动。其实，大铜壶并非搬壶馆独有特征，开茶馆离不开巨制水炉。旧日凡是规模相当的茶馆，三五间门脸，柜台与大灶之间皆悬梁放置左右两边壶嘴的红铜大搬壶，壶高五六尺、直径二三尺。因之，以壶作为标志并不能严格区分搬壶馆与红炉馆、窝窝馆的界限。清末民初，北京茶馆极为兴旺，1928 年政府南迁后逐渐没落。

二荤铺是在茶馆基础上添加酒饭的铺子。金受申在《北京通》里说："是一种既卖清茶又卖酒饭的铺子。所以名为二荤铺，并不是因为兼卖猪羊肉，也不是兼卖牛羊肉，而是因铺子准备的原料，算作一荤，食客携来原料，交给灶上去做，名为'炒来菜儿'，又为一荤。"

不过，本说亦有值得推敲之处。旧日北京饭馆无论大小高低，都可能“炒来菜儿”，“炒来菜儿”不是二荤铺的专利。当然高档馆子炒的来菜也高级，如熊掌、鱼翅、鲍鱼之类，烹制复杂，自家难以完成，可以找高级馆子代为加工。尽管低档的二荤铺代客加工的食材简单，但古往今来，加工自带食材的业务量都不可能与饭铺自营菜肴并驾齐驱，成为主业。常见的是自带干粮如烙饼，请饭铺代为烩饼，或自带时令鲜菜如黄瓜，请饭铺代为凉拌等，鲜见自带鱼肉请饭铺烹制的。

记得幼时有一次随先严在东四一家馆子吃晚饭，刚落座就见进来一位赶车的，从怀里掏出一张大饼，要求饭店代为烩饼，遭伙计拒绝。不想这位车夫十分执拗，说他以往进哪家饭铺也没被拒绝过，坚持非烩不可。伙计不耐烦与之推搡起来，于是惊动了掌柜的。最让我惊奇的是，掌柜的上前并没有过多询问缘由，而是连连向车夫道歉，同时给了伙计一个嘴巴，并命令他马上拿饼去厨房烩。结果饼烩了之外，还赠送一碗高汤，也没收加工费。儿童的是非曲直观念比较直线，我当时很为伙计叫屈，他没做错什么，怎么就挨了打？大人的道理与此不同，掌柜的说不打他就不长记性，下回再碰上这种难缠的愣头青，他就知道如何赶紧打发了。

车夫的强买确实显得过分，但如果不存在饭店普遍炒来菜儿的习惯，他也不会这么理直气壮。或许在他眼里饭店没有高低之分，只是吃饭的地方，他的多次成功经历让他认定，是饭店就应该满足他的要求。饭店属于市面买卖，每天与人打交道，必须培育人缘聚拢人气，烩饼乃举手之劳，为了如此小事招来围观，让厅堂客人不安，进来食客却步，实在得不偿失。时至今日也是如此，倘若一进门就见服务员与客人大吵，恐怕十之八九要抽身退步了。

既然“炒来菜儿”只占饭店营业额的一小部分，同时也非二荤铺独门业务，那么，再以本店炒菜与炒来菜儿等量齐观，视为二荤，似显牵强。愚意猜测，当初茶馆为创收增加经营项目时，红炉馆、窝窝馆、搬壶馆虽然增添了饽饽点心等，但尚未跨越茶馆主业界限，毕竟茶点一家，喝茶备干果点心乃是由来已久的习惯。唯独二荤铺大大超出了主业界限，逐渐向饭馆靠拢，因此，时人可能称之为二混铺，即茶馆与饭馆的混合。这一社会俗称写成文字时，用荤替代了混。

二荤铺面向的是平民，夏仁虎《旧京琐记》谓：“二荤铺者，率为平民果腹之地，其食品不离鸡豚，无烹鲜者。其中佼佼者，为煤市街之百景楼，价廉而物美，但客座嘈杂尔。”此外还有西长安街的龙海轩、司法部街的复盛斋、六部口的同泉涌、东安市场的润明楼、缸瓦市的丰源长、宫门口的东兴居等三十余处。经常光顾二荤铺的多是重体力劳动者，诸如拉车的、赶车的、肩挑挎篮小贩，因之价廉实惠的“烂肉面”很受欢迎。

烂肉面的卤是以整扇猪肉拆分剩下的低级边角碎料与从肉皮刮下的肥膘一起炖得稀烂，浇面时加上辣椒糊与蒜汁。最低级的烂肉面当属“刮骨面”，碎肉是从炖腔骨、大骨头上剔下来的。

饭馆的面条多是抻面。抻面需经和面、揉面、饧面、遛面、抻面下锅等程序。通常一块面抻长后四次对折抻四回，变成十六根，大致粗筷子般粗细。如果喜欢细一些，要预先告知伙计，伙计必冲灶上高喊一声“多拉一扣”“多拉两扣”。要是多拉两扣，变成六十四根，面条瞬间细了许多。若偏好韭菜叶、柳叶扁之类的宽面条，抻面也能做到，一团面第一次抻开，先在案板上压扁，再对折抻之，或将面团擀开切宽条再抻。

小馆与二荤铺不同之处在于，大都剔除了或只有少量品种的面条、包子、馅饼之类的小吃快餐，菜品除猪肉与下水之外，增加了鸡鸭鱼品种。店面比起二荤铺要小得多，只能接待散客，不能承办宴会。旧时三五知己相聚喜欢吃小馆，若单论“吃小馆”含义，则不囿于此。进饭庄大馆不高消费，小吃而不大吃也常常称作“吃小馆”。不过，经常出入大馆而简约消费的多是好吃且收入颇丰的殷实群体，如文人、高级职员等。鲜见平民低收入者进大馆小吃。倒不是大馆的普通菜比小馆的贵许多，而是门面气派让人望而却步。

小馆的菜肴经济实惠，价格低廉。诸如坛子肉、酱爆肉丁或鸡丁、辣子肉丁或鸡丁、焦熘丸子、干炸丸子、糖醋丸子、软熘肉片、焦熘肉片、木须肉、熘肝尖、爆二样、爆三样、素烧茄子、白菜粉丝、红烧鱼、糖醋鱼等，名目繁多，不能一一道及。

馆子小不代表手艺差，由于菜品普通，又日复一日反复操练，无论进哪家小馆，同样的菜大都能做到味道基本一致。不像今日的饭馆，一道爆三样之类的普通菜能炒出多种版本。

大酒缸可谓是酒馆兼饭铺。旧时北京人在外喝酒，一般选择大酒缸。大酒缸遍布全城，经营者多是山西人。门脸三五间，进深勾连搭几间，显得深邃。迎面或侧面一个大栏柜，柜上放小酒坛与多个直径二尺一的大果盘。果盘用来盛时令佐酒小菜，分常备与时令两种，常备的如玫瑰枣、煮花生仁、炸花生仁、豆腐干、豆腐丝、拌粉皮儿、腌鸡子儿、咯吱盒等；时令的如拍黄瓜、煮花生、煮毛豆、香椿豆儿、芥末墩儿、豆酱、熏小黄鱼儿、炸虾等。厅堂纵横排列半人多高、口径三尺许的大酒缸，皆半埋地下，露出地面二尺许。缸里储存高粱“烧刀子”，缸口压棉被条，上盖红漆、黑漆或本色半圆对拼的盖子。缸盖当桌面使用，缸四周设条凳。

每当傍晚饭口之际，各路小贩诸如卖熏鱼儿的、卖爆肚的、卖羊头肉的、卖蹄筋羊眼睛的、卖馄饨的、卖包子的，纷纷赶往各自常去的大酒缸门前。大酒缸当然也不能坐失商机，自家在门口支炉大锅侉炖鱼，同时卖炮羊肉与刀削面、拨鱼儿等，无形中挤了小贩的买卖。侉炖就是鱼收拾干净后，不经油炸直接炖煮，俗谓“千滚豆腐万炖鱼”，炖得越久越入味。鱼论条售卖。拨鱼儿就是手托一盘稀软面，用筷子沿盘边划面下锅。

刀削面是山西风味面食，我以为浇小炖肉最佳。如今的刀削面卤，花样翻新，也没什么不可以，开饭店本为盈利，必要顺应时代，迎合食客需求。唯独在谋利求变之际，不要再撑起继承传统风味大旗欺蒙世人。西城太平仓胡同西口有家刀削面馆，尚能保持传统，如今仍是宾客盈门，十分繁忙。小炖肉并无特殊之处，就是加酱油、花椒、大料、桂皮的小块炖肉。如果喜欢吃辣，放辣椒糊比辣椒油好。

到大酒缸喝酒二两起步，以此为单位递增，不像衡器改制之后喝几两都行。如今饭店基本上取消了散装酒，要喝就得买整瓶的。过去一斤十六两，两以下十进制，一两十钱，一钱十厘。进大酒缸喝酒，往缸边一坐招呼伙计，都是说“来二两”或“俩二两”、“仨二两”。齐如山幼年读书时曾就此作对，“俩二两”对“一个么”，上联都是二，下联皆为一。

若要以炮羊肉佐酒，也是叫酒的规矩，二两起步。前不久有位美食家讲大酒缸，说吃炮羊肉随意，三五两皆可。显然，他忘记或根本不知道十六两一斤的旧规矩。我幼时吃东来顺涮肉，从来是论盘而不论斤两，四两一盘起步，按盘递进，绝无来三五两、一斤之类的说法。两盘八两是半斤，三盘十二两，四盘一斤。大酒缸炮羊肉仿照涮肉的计量方式，但可以要半盘二两。

物尽其用的历史渊源

中国农业文明不但发生甚早，而且很快成熟稳定。当技术能力支撑与劳动生产率趋于极限之际，人口再生产与物资（主要是粮食）再生产之间的平衡不但受人均占有耕地的制约，同时也受灾荒、瘟疫、战乱、气候、政府调控能力等因素影响。历史上皇朝更替，由治入乱，由乱入治，文明自我调节，几乎都是在大灾大乱人口急剧下降之后再建人口与耕地、人口与物资之间的平衡。皇朝初建，无论朝廷还是家庭都鼓励生育，很快人口总量增长，皇朝走入繁荣鼎盛期。此后倘不发生大规模连年灾荒，皇朝尚能维持，但随着人口过剩、贫富两极分化、政治腐败、行政低效与不可预见的灾荒瘟疫发生，社会颓势立即显现，民众缺衣少食，生存状态恶化。

历代人口升降起伏极大，与地权、灾害、人口、吏治、战乱与外患等因素捆绑出现的概率相关，逐年统计缺乏可靠资料，且过于复杂。为有个简单的认识，在此抛开分裂皇朝不计，仅拣两汉、西晋、隋唐、宋、元、明、清一统皇朝的官方统计资料的峰值人口开列于此：

西汉元帝建昭四年（前35年）六千万；

东汉桓帝永寿三年（157年）将近五千六百万；

西晋武帝太康三年（282年）将近二千四百万。西晋实质统一只有十一年，八王之乱朝廷失去控制力，国家分裂；

隋炀帝大业五年（609年）四千六百余万。隋仅存在三十七年；

唐疆域广袤，史籍资料最高不过五千三百万，杜佑《通典》谓“隐漏”之数达一千三四百万。冻国栋《中国人口史》推测天宝十三年（754年）七千五百万到八千多万；

北宋徽宗大观三年（1109年）男口将近四千七百万，加上女口，估计人口在一亿上下；

元朝人口，据邱树森《元代户口问题刍议》估计，1290至1340年的五十年间，实际人口达九千万。英国安格斯·麦迪森（Angus Maddison）推算成宗大德四年（1300年）人口达到一亿。

明永乐元年（1403年）六千六百五十多万，这是明朝官方资料记录的峰值。当代关于明朝人口峰值，人口学者争论不休，推算数字相差悬殊。赵文林《中国人口史》的统计为将近一亿；王育民《关于中国历史上的人口统计》推算为一亿三千万到一亿五千万；英国安格斯·麦迪森推算为一亿六千万；葛剑雄《中国人口发展史》推算为将近二亿；

清光绪二十七年（1901年）四亿五千万。

从秦汉到清康熙初年，除北宋人口峰值可能超过一亿，其他各朝官方统计的峰值人口基本在六千多万。当代宋史研究已彻底抛弃"积贫积弱"观的羁绊，普遍认为在工业化、商业化、货币化与城市化等方面远远超过同期世界各国。法国宋史学者白乐日（Etienne Balazs）指出，中国封建社会的特征，到宋代已发育成熟；而近代中国的新因素，到宋代已显著呈现。

宋代粮食平均亩产显著提高，达到二石，手工业如制盐、造船、造纸、制糖、纺织、烧瓷业长足发展。城市废除了坊墙，商品经济活跃，出现纸币"交子"。中国四大发明中的三项——指南针、火药、活字印刷术都发生于本朝。汤因比说："如果让我选择，我愿意活在中国的宋朝。"历史悖论常令人费解，北宋经济如此发达，却屡败于落后人少的辽金。检其原因，不能一语概括，但显见与宋太祖称帝之初树立的重文轻武治国理念相关。

传统农业经济在北宋达到颠峰以后就陷于停滞。当代人口学者推算的明代人口，最高估值为官方记录的三倍，中常为二倍，最低为一倍半。我不大认同前两类推算。在清康熙"盛世滋丁，永不加赋"以前，人口登记从来绑定赋役，历朝政府职责就是不断登记核实田亩与人口，足额税收是保证政府运转的基础。避税逃税乃人之常情，尽管古代政府规模较小，行政能力与行政技术较差，但管理对象脱离控制的能力也差，社会主体农民安土重迁，在乡土熟人社会中生活，出行距离基本上在五公里以内。小门小户能在政府、里甲与乡党宗族多重控制下规避登记，真的难以想象。漏报、规避现象肯定存在，但绝不会成倍缺失。倘若如此，何以证明强大的中央集权政府的存在。

明代产粮区主要是华北、长江中下游与成都平原，东北平原尚未开发。中国传统的粮食品种有"五谷"——黍、稷、麦、菽、稻，其中麦是输入品种，很早就输入中国。五谷中以稻的产量最高。

如果以官方统计人数的一倍半计算明代人口为一亿，那么，人均耕地大致在七亩上下。耕地不能全部用于种粮，也要种菜、油料作物与棉麻。保守估计，粮食以外的作物种植至少要占到三成。棉花原产印度与西亚。明邱浚《大学衍义补》卷二十二谓：“汉唐之世，远夷虽以木棉入贡，中国未有其种，民未以为服，官未以为调。宋元之间，始传其种入中国，关陕、闽广首得其利，盖此物出外夷，闽广海通舶商，关陕壤接西域故也。”其后很快取代桑麻成为保暖的主要材料。油料作物与棉麻不仅是生活必需品，同时也是军事战略物资。

田有南北、肥瘠、水旱之分。黄河流域上等良田，一年小麦、高粱两种各收一石，总计二百多斤；南方上等良田复种稻谷可到三石有余，总计不过四百斤。通计南北、肥瘠、水旱各等田的平均亩产大约为二石毛粮，一石折合将近一百二十斤。毛粮加工成食粮平均至少要损失一成。因之，若要过上衣食无忧的日子，同时保证顺利度过灾年，除去种植油料、棉麻的田亩之外，人均产粮耕地不能少于五亩。明代人均七亩耕地，可以说已经达到耕地、单产与人口和谐共生的适度上限。农业一向靠天吃饭，至今虽科技发达，也不能彻底逃脱此运。中国是多灾荒国家，人口总量伴随灾荒规模增减，可谓立竿见影。昔日物流艰难，做不到远距离挹有余而注不足。

局地灾荒若救灾不力，只能眼睁睁看着居民逃荒与死亡。

中国历史上最早明确指出人口与耕地应合理配置的人当推明代徐渭。《徐文长集》卷十八《会稽县志绪论》说："口与业相停而养始不病。养不病而后可以责民之驯。今按于籍口六万二千有奇，不丁不籍者奚啻三倍之。而一邑之田仅四十余万亩。富人往往累千至百，十等其类而分之，止须数千家而尽有四十余万之田矣。合计依田而食与依他业别产而食者，仅可令十万人不饥耳。此外则不沾寸土者，尚十余万人也。然即令不占于富而并分之，土亦不足矣。乌在其为不病于养哉？"据此计算，江南富庶地区"口与业相停"的标准应是人均占有耕地不低于四亩，而其他普通区域则应翻倍至八亩左右。

清代人口迅速膨胀，与明代中叶传入中国的玉米、甘薯与马铃薯遍地开花息息相关。玉米种植的最早记录当属正德六年（1511 年）安徽《颍州志》的"珍珠秫"；稍后的是嘉靖三十年（1551 年）河南《襄城县志》的"玉麦"；嘉靖三十九年（1560 年）甘肃《平凉府志》的"番麦""西天麦"。明末玉米种植各地已经铺开，但接连发生全国性大灾荒，断送了玉米种植的前景。玉米的优势不在单产能超出原有作物许多，若论亩产远不及水稻。但玉米耐旱、耐寒、抵御病虫害能力较强，而且对生长环境要求极低，生地、山地、沙地、沿海滩涂等贫瘠之地皆能适应。玉米极大拓展了耕地空间，把原本不适于耕种的土地纳入耕地范围。提高社会粮食供应总量无非两途，一是亩产增量，一是增加耕地供应。

甘薯亦称番薯、地瓜、山芋。万历年间闽县（福州）人陈振龙自吕宋携薯藤数尺回到家中，植于舍旁隙地，大获成功，随后在福建、广东铺开种植。徐光启《农政全书》总结出“甘薯十三胜”，藉此推行种植。陆耀《甘薯录》谓“亩可得数千斤，胜种五谷几倍”。红薯本为温热带作物，喜高温潮湿，适宜淮南各省，而淮河以北气候干燥，冬季寒冷，薯秧难于保存。直到乾隆初年通过窖藏解决了薯种越冬问题，北方红薯种植才得以推广。

玉米使耕地增加，甘薯让亩产增量。但两者效益优势很快淹没在人口膨胀之中。

农业社会保持家族优势与求变致富改变命运的最基本方式，就是增加人口。民众普遍是贫困的、不识字的，受各种古老观念支配，迷信与巫术盛行。人们不能从科学的、实验的、自然主义的立场看待世界，因而对技术与节育一般持反对态度。

人口急剧增长，首先要竭尽全力满足衣食基本需求，从而让家庭储蓄变成空话。通观社会生活，无法摆脱眼前需求，注定会牺牲远景发展利益。人生在世谁不憧憬未来，多子多福本就是对发家致富的憧憬，只不过很快破灭罢了。传统农业经济下，单位面积耕地配置劳力过多，就难以产生对技术动能的迫切需求。家庭人口一再增加，耕地随之在继承换代中一分再分，靠有限的小块耕地谋生的小农，常是高利贷的牺牲者。

有一句俗语说："有钱不如有地，有地不如有人。"乡土社会有了人自然家族壮大，对付外人占据优势；有了人自然劳力多，齐心协力发家致富。社会人口再生产的成本分摊于每个家庭中，家境差自然要省吃俭用压缩开销，只维持最低生活水准。苦尽甘来一向极具诱惑力，在命运通过努力可以改变的信念下，节衣缩食、物尽其用、勤俭持家、日积月累的习惯代代相传。在乡间并不是只有荒年才吃野菜，丰年照样食用，以节省粮食或储存或出售。

文化传承与育儿方式相辅相成，观念一旦形成万难更改。今天许多过上好日子的老人，往往还会吃剩饭，穿旧衣，留废物。然而，从独生子女一代开始，中国人与物尽其用精神渐行渐远。中国的父母普遍甘为儿孙作马牛，宁可自己省吃俭用甚至举债，也要让子女过上幸福生活，养就新生一代物欲高涨、暴殄天物的作风。这真令人唏嘘不已。

第四讲　从烤鸭说起——饭庄美食捃摭

前些日子有位媒体人来访，言及“北京菜”作为一个菜系推广之事，我以为不妥。她甚感惊奇，说如今有那么多菜系，如鲁菜、淮扬菜、川菜、粤菜等四大、八大、十六菜系，且没有止步的意思，各地都在为本地菜肴造势，为什么北京不可以？我说北京自元大都成为一统都城以来，直到改革开放都不存在北京菜之说，难道几百年间，这一无须费脑费力的简单命题就没人倡导？真的令人匪夷所思。

大家知道，北京作为都城历史悠久，直到今日仍是首都。都城文化呈现权威性、兼容性与荟萃性，饮食文化也不例外，一向是天南海北四方荟萃的。北京是都城，同时也是一个区域，拥有自身的地域文化习俗与饮食习惯，但如果仅仅盯住区域，那么就难以理解都城文化的兼容并包精神。

北京本地的物产远不及江南丰富，日常饮食也相差许多。为构建菜系推出的美食一般都非家常菜，今天所谓“菜系”中的佳肴基本上与民众日常饮食并无太大关系。美味佳肴很容易为人接受，传播上靠人流物流。在交通不便、物流艰难的时代，北京地处大运河北端，人流物流极为充分，人则四方精英，物则四方汇至。北京的佳肴珍品大都是随大运河传来的，可谓集中了各地美食，不产于燕而毕聚燕。北京以包容各路佳肴见长，擅于厨艺改进而不关心菜肴是否源自北京。

推出北京菜之举，实际上伤害了北京由来已久的包容实用精神，把北京引领各路佳肴名点的盟主地位降为“诸侯”。一路佳肴诸侯，就是一方水土培育的食材与厨艺精华，北京不能搞也搞不成一方水土的佳肴菜系。检索今天推出的北京菜清单，其中大多本非产自北京。

当代社会生活发生了质的飞跃，再以传统的厨帮菜系观念推行所谓的北京菜毫无意义。一方面，厨艺传承上学校教育普遍替代了学徒制，厨帮门户的绝技基本上消失，菜系界线普遍得不到尊重，变得模糊不清；另一方面，食客选择幅度空前增大，只问好吃不好吃而不关心佳肴的地域属性。实际上，只要是佳肴精品，不必经宣传推介就可以做到不胫而走。反之，普通的地方特色吃食即使被大力推介，也未必能让更多人接受。譬如豆汁可算北京特产，常听人讲不喝豆汁就算不得北京人，我和我的许多朋友都算是老北京人，但喜欢喝豆汁的几乎没有。豆汁问世之初，曾得到乾隆皇帝关注，即使如此，也没有走出北京流向全国。

组建“北京菜系”当然要选菜入谱，烤鸭自然而然成为首选。其实，烤鸭早已名满全球，被誉为中华美食名片，何必再多此一举。若要追寻烤鸭历史，也非源自北京，当初也不叫烤鸭。

烤鸭本称烧鸭子

烤鸭之名的流行不过七十年上下。起码我小时候，祖父那一辈人没有称烤鸭的，都叫烧鸭子。其间的来龙去脉，要从“烧”这一烹饪技法讲起。

烧烤食品，实际上是最原始的烹饪技法，没有多大技术含量。人类从生食到熟食最先用的方法就是烧，因为烧不需要器皿。烧鸭子恰恰如此，有柴火与鸭子，谁都可以烧。至于烧成什么样子，味道如何，则另当别论。

历史上记录烧鸭较早的是虞悰《食珍录》。《食珍录》现存只有辑佚本二百一十字，存有“炙鸭”名目，但无炙法叙述。如今谈烤鸭历史的人，往往把本书著作年代定为南北朝时期的南朝宋，其实年代远没那么早。从本书残存的内容上看，所记多为隋唐之事，南朝宋到唐中晚期至少三百多年，前朝人怎能记身后之事？因之，推测本书当属唐以后托名或同名著作，最早不会早于唐末。

宋孟元老《东京梦华录》记东京汴梁市井百态，卷二“饮食果子”列“炙鸡、燠鸭”；宋周密《武林旧事》记临安市景，卷六“市食”列“炙鸡鸭”。炙鸡鸭相当于烧烤鸡鸭，但与今日烤鸭之间的传承关系无从证实。

元代御医忽思慧《饮膳正要》卷一“烧雁”条下第一次讲到了烧鸭子，但是烧法与现在不一样。将鸭子收拾好加盐、香菜末、葱调味，放入羊肚中烧烤，鸭子隔着羊肚不见明火。

北京的烧鸭子是伴随永乐迁都，从金陵（南京）传来的。当初称“金陵片片鸭”，又称“南炉鸭”。清代烧鸭子从众多烧制食品中脱颖而出，成为誉满京城争相一尝的美味。嘉道年间姚元之《竹叶亭杂记》卷五说：“亲戚寿日，必以烧鸭、烧豚相馈遗。”同书卷八又道：“筵席必用填鸭一，鸭值银一两有余。”

永乐迁都，伴随朝廷衙门大迁徙，绝大多数官员到北京生活。国家行为的高端群体流动，能够使话语、风俗、饮食的传播规模更大、更具影响力，江浙区域特别是金陵美食便传到了北京。洪武年间，金陵盛产肥实的湖鸭，烧制后味道绝佳，深受宫廷内外喜爱。据说明太祖日食一鸭，指的就是烧鸭子。

明谢肇淛《五杂俎》卷十一谓：京师大内进御，“宰杀牲畜，多以惨酷取味。鹅鸭之属，皆以铁笼罩之，炙之以火，饮以椒浆。毛尽脱落，未死而肉已熟矣”。这完全是唐朝张易之的鸭鹅烧法翻版。

中国人可以说是为了美味无所不用其极，凡能够想到或听说的方法皆要付诸试验。但试验是一回事，结果是否符合初衷是另一回事。此法之荒诞已在前文辨明，这里不再重复。

世间人性千差万别，病态畸形的口味曾产生过活割驴肠、活取猪脊之类的残忍做法。现拣一例，以窥一斑。清薛福成《庸庵笔记·河工奢侈之风》记录了活炙鹅掌之法：“笼铁于地，而炽炭于下，驱鹅践之，环奔数周而死，其菁华萃于两掌，而全鹅可弃也。每一席所需不下数十百鹅。”不仅如此，活体烹饪常常不是为了食用而是为了取乐。虐待动物是虐待他人的延续，心理上的扭曲快感远远超出饮食范畴。

其实，谢肇淛生活的明末时期，烤鸭鹅技术已经成熟，并接近当代方式。明代宫闱秘事严禁外传，官方也未编纂宫史，社会谈宫廷生活在细节上难免猜测杜撰与道听途说。明末太监刘若愚《酌中志》卷二十“饮食好尚纪略”是叙述明宫廷饮食最详细的历史资料，检其记载，不能证实谢说存在。本卷记叙正月宫中时尚佳肴有烧鹅鸡鸭、猪肉、冷片羊尾、爆炒羊肚、烧笋鹅鸡，等等。

明弘治十七年（1504年）成书的《宋氏养生部》卷三“禽属制”，记录当时烧鸭的方法是鸭子收拾好加佐料煮熟后油炸，炸后再烤。这便是叉烧法烧鸭的最初形式。本书作者宋诩（华亭人）之母朱氏自幼“久赴京师”，精于京师美食的烹饪技法。宋得母亲口传心授，历经数载撰成此书。

其后烧法改进，逐渐形成三法并立，就是叉烧法、焖炉法与挂炉法。叉烧法到了清代，烹饪程序简化，省略了煮与炸，直接烧制。《调鼎集》谓“用雏鸭，铁叉擎炭火上，频扫麻油、酱油烧”。

焖炉法是在地上砌一个差不多一米见方的炉子，先在炉膛内烧柴火，待火苗熄灭变成红炭，把收拾好的鸭子放在炉内铁篦子上盖上盖，大约烧四十分钟后取出片片食用。由于闷炉烧鸭使用的是秫秸，烟大气味重，鸭体容易沾上烟灰，所以改进为挂炉法。挂炉是将平炉改为立炉，侧面开门而不安炉门，燃料舍弃了柴火改用果木，如枣木，杏木、桃木等，鸭子挂进炉内，明火烧制。特点是水汽易于蒸发，皮脆，没有柴火烟味。自从乾隆建立御膳房档案制度以后，膳单上就不断出现两个片盘：挂炉猪与挂炉鸭。可见宫内食用烧鸭子乃寻常之事。立炉安装炉门的则称焖炉，延续了平炉焖烧的方式，只不过燃料也改用了果木。

烧鸭其实没有什么复杂的技术，鸭子好吃的关键不在烧制上，而在养鸭方式与鸭胚处理上。首先是填鸭，填鸭的实质就是蹲膘。老北京人都知道，蹲膘是批评一个人吃饱喝足了不愿意动弹，一味的懒作。蹲膘必肥，脂肪疯长。脂肪越丰满肥厚，烧出的鸭子越甘美。鸭皮口感好的只是胸脯部位，余者鸭腿鸭背的皮干而筋，没什么好吃的。鸭皮好吃不好吃全在皮下脂肪，鸭背的脂肪最少。

填鸭始于何年何月难于考证。《齐民要术》卷六“养鹅鸭”讲雏鸭若要增肥，需“别作笼笼之。先以粳米为粥糜，一顿饱食之，名曰填嗉”。填嗉是否就是今天的填鸭，尚需考证。鸭子孵出一个多月以后，便不喜进食，“笼之”就是限制运动，与今法立意一致，但未必就是强制填食。填鸭在清代就已普及，道光年间严辰《忆京都·填鸭冠寰中》有“烂煮登盘肥且美，加之炮烙制尤工”之句。《光绪顺天府志》卷五十记录了填鸭方法，以高粱米、黑豆与荞麦面团成“剂子”，掐住鸭嘴强行填喂。

其次鸭胚。填鸭宰杀处理干净，将气管勾出插入皮下吹气，使皮肉分离，这是烧制的关键步骤。鸭体遇热皮下脂肪很容易熔化，一方面内浸鸭肉，另一方面外溢油炸鸭皮。可以这样说，鸭皮之所以焦酥主要靠炸。如果不使皮肉分离，皮下脂肪不容易迅速熔化，皮就难以达到满意的焦酥效果。

烧鸭变称烤鸭，可能与突出制法的鲜明特征有关。在食品命名上，烧用得比较宽泛。同样是烧，技法大有不同。譬如烧羊肉、锅烧一品肉，虽谓之烧，却是煮后油炸，并非食材与明火直接相遇。尽管如此，在很长时间内人们并没有找到合适的词汇加以区别。烤字出现得很晚，收录四万七千零三十五字的《康熙字典》没有记载。

当代一般认为烤字是齐白石创造的。20 世纪 40 年代，齐为宛家烤肉题“清真烤肉宛”，旁注“诸书无烤字，应人所请，自我作古”。为此，20 世纪 60 年代邓拓在《北京晚报》的《燕山夜话》专栏发表《“烤”字考》加以辨明，且在事前征询了北京大学古文字学家朱德

昔日经营烤肉的饭馆

熙。朱回信说："烤字《说文》所无。《广韵》、《集韵》并有熇字，苦浩切，音考，注云：火干。《集韵》或省作熇，当即烤字。"

烤是否就是熇，还需在文字学上进一步论证。倘若从烹饪技法上溯源，烤即古代的炙。《说文解字》谓："炙，炮肉也。从肉，在火上。"其实，烤是个俗字，至晚在雍正年间已经出现，只不过未能进入字典而已。

脂本《石头记》(《红楼梦》)现存钞本十几种。乾隆二十五年（1760 年）的《脂砚斋重评石头记》(俗称庚辰本)第四十二回"蘅芜君兰言解疑癖，潇湘子雅谑补余香"写到，惜春奉贾母之命，准备画大观园景致图，宝玉与众姐妹齐聚李纨住处稻香村商讨绘画所需用具清单。当宝钗最后说还需"生姜二两，酱半斤"之时，"黛玉忙道：'铁锅一口，锅铲一个。'宝钗道：'这作

子都勾使了再要頂細絹籮四个粗絹籮四个担筆四支大小乳鉢四个大
粗碗二十个五寸粗碟十个三寸粗白碟二十个風爐兩个沙鍋大小四个
新磁罐二口新水桶四支一尺長白布口袋四條浮炭二十斤柳木炭一斤三
屜木箱一个直地紗一丈生薑二兩醬半斤代玉忙道鉄鍋一口鍋鏟一个宝
釵道這作什麼代玉笑道你要生薑和醬這些作料我替你要鉄鍋
來好炒顏色吃的衆人都笑起來宝釵笑道你那里知道那粗色碟子
保不住不上火烤不拿薑汁子和醬預先抹在底子上烤過了一經了火
是要炸的衆人听說都道原来如此代玉又看了一回單子笑着拉探春
悄悄的道你瞧瞧畫个畫兒又要這些水缸箱子来了想必他糊塗了把
他的嫁粧單子也寫上了探春噯了一聲笑个不住說道宝姐姐你還不

1760 年的钞本《脂砚斋重评石头记》里已经出现"烤"字

什么？’黛玉笑道：‘你要生姜和酱这些作料，我替你要铁锅来，好炒颜色吃的。’众人都笑起来。宝钗笑道：‘你哪里知道。那粗色碟子保不住不上火烤，不拿姜汁子和酱预先抹在底子上烤过了，一经了火是要炸的。’”

“烤”字出现两次，与今日书写丝毫不差。作品传抄不管几经辗转，其祖本一定来自作者手稿。烤字是否是曹雪芹创造的并不重要，重要的是证明了烤字在曹雪芹生活的雍乾时代已经被人认可使用。这比起白石造字之说至少早二百年。

“一经了火是要炸的”中的“炸”字也值得关注。第一讲介绍烹饪技术进化五阶段时，讲到“炸”是俗字，在这里也得到印证。不过此处的炸是炸之三义中的爆裂炸开之意，炸的另外二义，《红楼梦》亦多次使用。譬如第三十五回“白玉钏亲尝莲叶羹，黄金莺巧结梅花络”，薛蟠道：“妹妹的项圈我瞧瞧，只怕该炸一炸去了。”宝钗道：“黄澄澄的又炸他作什么？”此处的炸，是火焰焙烤增光金属首饰之意。再如第一回“甄士隐梦幻识通灵，贾雨村风尘怀闺秀”，描述甄士隐家失火系由葫芦庙“炸供”而起。此处的炸则是油炸之意。

烧鸭子改称烤鸭，音韵上更为响亮，意味上更为准确。迅速被社会接受与齐白石题字“烤肉宛”不无关系，毕竟名人效应巨大。

如今烤鸭已十分流行，无论专营与否，只要稍具规模的饭庄皆可制作。从填鸭、宰杀制胚、烤制等环节上看，比起过去更为成熟规范，但为什么现在上了些年纪的人总觉得烤鸭味道不如过去？检索其因，一方面是老人的味蕾随年纪增大而衰退，即使佳肴做到了保持原味，吃起来亦感不足；另一方面，片鸭技法大不如前，普遍存在速度过慢问题。烤鸭是难以回炉保鲜的食品，变凉则腥气飘出，风味只在顷刻之间。片制过慢，在享用终端就损害了美味价值，将前期厨艺心血付诸东流。如今的片鸭师傅缺乏训练，技法不精怕烫手，鸭子出炉不能立刻片好上桌。昔日与此不同，师傅从业多年练就手不怕烫且技法娴熟，鸭出炉立即擦拭，涂油，随后在客人面前片割如飞，鸭片上桌吃起来犹觉烫嘴。

吃烤鸭一定是热饼热鸭，才能使美味达于极致。现在无论名店与否，以我的经历来看，没见过任何一位片鸭师傅能做到鸭子出炉立刻上手片割。不是推出的鸭子已经放凉，就是站在热鸭边上等待，等他手温合适了，吃主就不合适了。

或许有人认为，如此要求是否对片鸭师太过苛刻，忽视了劳动保护问题。其实，片鸭速度应尽快制定时限标准，让消费者援此服务标准享受合格服务。至于片鸭师手损伤代价，通过补贴实现。职业选择乃个人自由，不想手被烫出老茧，尽可另谋高就，绝不能牺牲公众美食权利，行使所谓的劳保维权，为无能与不敬业辩解。如今智能科技蒸蒸日上，生产片鸭机器人应该是轻而易举的。我真的盼望能尽快出现，让食客享受到热饼热鸭味道的绝妙。如今人吃上饱饭比较容易，再以昔日谋生不易的职业标准要求片鸭师傅，恐怕是一厢情愿，难以实现。

技法不怎么样，嘴上却不饶人，非说片鸭标准是一百零八片，这纯系编故事糊弄人。如今六七十片已是手忙脚乱，慢得让人不耐烦，还吹嘘什么一百零八片。我自幼就吃烤鸭，也认识不少老辈吃主，从未听过这一说法，更未见过片鸭师傅与食客有谁数过片数。

堂楼居馆饭庄与私家菜

名馆因其厨帮菜系风味独特而立足社会。现在很难再找到守定界线的馆子，这一现象在北京可能更甚，基本上是川鲁粤淮扬大杂烩。昔日的馆子菜系界线分明，山东馆子绝不会做川菜，川菜馆子也绝不会做淮扬菜粤菜。这与京剧表演流派界线如出一辙。譬如四大名旦虽然都唱传统剧目，但开门立户的却是自家独创剧目，梅兰芳先生的《霸王别姬》《贵妃醉酒》《洛神》极受欢迎，上座率高，其他三位绝对不会唱，反之亦然。这不仅是职业操守与人格底线，更重要的是维系个人艺术形象的独特性。

守定厨帮菜系界线才能够形成特色，界线不惟菜系之间的界线，即使同一菜系，也要尽量独树一帜。同样是淮扬菜，你的某个菜做出了名声，我要学也不能照本宣科，同中而求异。譬如香酥鸡这道菜，同属淮扬名馆的同春园是香酥油鸡，森隆饭庄则是香酥鸡腿。如今为什么不再在意菜系界线？主要是厨艺不精，赚钱心情急迫，看见别家某菜卖得好，立即照搬。当今川菜鱼香肉丝、宫保鸡丁可谓通吃，什么版本都有。或许有人会说这岂不更好，起码增加了菜肴品种。如此发问，我也无言以对。

同春园饭庄旧影

但是，凡称得上特色名肴的，一定是多数人的选择。厨艺一定经过反复锤炼，形成了规范的操作流程与规范的配料组合。双规范是维系菜肴名实相符与特色的基础。饭馆照搬畅销菜的本意在赚钱，只是依样画葫芦潦草敷衍，而非融合本帮厨艺的精研创作。无疑，版本多不等于好味道就多，往往增加的多是乏味而非美味。人生有涯，佳肴品类也无涯。倘若以有涯的生命浪费在这场特色川菜的乱变实践中，真的是上当受骗遗憾不已。

众所周知，昔日的馆子也不是公益事业，同样为了赚钱，与今日相比，买卖更难做。但前人明白，守定界线、精研厨艺、服务周到，方能保持业务长久。

过去在外吃饭的地方大致可分四档：第一个堂字号，第二个饭庄大馆，第三个二荤铺与小馆，第四个食摊。此外，还有私家菜与冷庄子。

堂字号

堂字号，以承办巨型宴会为主。诸如大栅栏的衍庆堂、东麟堂，什刹海的会贤堂，金鱼胡同的福寿堂，钱粮胡同的聚寿堂、聚贤堂等。堂字号空间宏大，一般是多重院落，最主要的是拥有戏台，可以召演堂会。所谓堂会，就是邀请戏班到家里或指定场所演出。私人在家广聚亲朋，召戏班助兴，可谓登堂入室；不在家里而在外

什刹海会贤堂故址

面，无论私人还是团体挑头，也是众人欢聚一堂。堂字号是家庭之外首选的大型聚会的公共空间。在堂字号里召演堂会，两堂之意可谓契合得天衣无缝。

召演堂会，分全堂与半堂两类。全堂从午后大约一点开始，一直演到午夜；半堂晚六点开始，也是演到午夜。从美食品尝上讲，堂字号的巨型宴会可以高档化，但做不到精细化。凡是堂会，来宾甚多。譬如做寿，通常要庆祝三天，头天称预祝，二天称正日，三天称酬客。三天之中送往迎来，基本上是流水席，客人随到随开饭。由于人多，厨房一般采取预制方式以保证供应能力。预制菜品除压桌凉菜以外都是蒸煮的，放到多层大笼屉里保温，需要时迅速翻碗上桌。炸、炒的菜品相对较少。尽管食材不错，厨师手艺也不差，但为了快，难免敷衍了事。譬如平日一锅只出一份的菜，此时就要一锅出二三份，甚至用大锅一次出五六份。最令人吃惊的是用炒栗子的大锅、大铲做菜，一锅可以出好几十份。如此操作，味道可想而知。好在堂会的意义不止在吃喝，听戏、打牌等娱乐也令人神往。堂会戏因名角荟萃，且多反串、多演稀见剧目而受人追捧。京剧艺术之所以走向繁荣，除慈禧、宫廷、王公喜好之外，堂会的推动功不可没。

清末民初是堂字号买卖的黄金时代。堂会是上流社会维持体势、联络感情、张扬场面、做足脸面最常用的社交方式，高官巨富乐此不疲。不要以为斥重资办堂会一定赔钱，有时礼金礼物总收入要超过支出很多。那时流行礼单公开，一般分作福禄寿喜四档张贴，譬如福字下登载礼物价值万两与银千两以上的；禄字下登载物值千两与银百两以上的；寿字下登载物值百两与银十两以上的；喜字下登载物值十两与银一两以上的。跨越阶层的社交比较少见。贫富、地位、文化等方面若有差距，尽管彼此可以进行一般性交往，但进入不了对方的社交圈子。凡是办得起堂会的人，交往的人多处在同一阶层，只要出席必循例奉送相当的礼金、礼物。人越走向社会高层，生活成本中的公关、人情开销就越大。

1928 年张作霖撤出北京，随即民国政府接收北京，改称北平特别市。随着中央政府的南迁，北京的堂字号生意逐渐萧条。中国城市的规模与繁荣度，直到今天仍不离窠臼，大都是建筑在政府购买力基础上的，一座城市的政治行政等级决定了其发展的速度与程度。历史上一统皇朝的古都西安、洛阳、开封这些城市，现在很难想象当年雄风。究其原因，失去了都城地位也就失去主要的经济支撑。

都城不但能获得朝廷经常性投资，而且独一无二的地位也吸引大量民间投资、消费拉动经济增长，支撑市场繁荣。这一点古今中外概莫能外。北京的繁荣一靠政府购买力；二靠官僚族群；三靠士子文人与工商业者。政府南迁以后，政府与官僚族群消费显著减弱，经营巨型宴会的堂字号生意清淡，不久纷纷关闭。

饭庄大馆

这类馆子比堂字号规模小许多，基本上没有戏台，可以筹办宴会，但规模过大也无能为力。内设散座、雅座。散座即大堂，雅座即单间，亦称官座。这是真正以特色菜肴、品质优良见长的馆子，多以居、楼、庄命名。耳熟能详的有八大楼：东安门外的东兴楼（东兴楼衰落后八面槽的萃华楼开张），银锭桥的庆云楼，前门大栅栏的泰丰楼、致美楼、新丰楼、正阳楼、鸿兴楼，五道庙的春华楼；八

东安门大街的东兴楼旧影

大居：前门外的福兴居、万兴居、同兴居、东兴居，大栅栏的万福居，北半截胡同的广和居，西四的同和居，缸瓦市的和顺居（沙锅居），前四家皆带兴字，故又称“四大兴”。八大春均开在西长安街一带：芳湖春、东亚春、庆林春、淮阳春、新陆春、大陆春、春园、同春园。

楼、居之馆开设时间较早，大多可以追溯到清代，多经营鲁菜。譬如八大楼当中只有春华楼是淮扬菜，其他七家皆是鲁菜。八大春基本上是政府南迁期间开设的，普遍经营历史较短。东亚春经营粤菜；新陆春、大陆春、庆林春为川菜；淮扬春、春园、芳湖春、同春园为淮扬菜。如果哪位想成为吃主，就吃这类馆子。

收录在《北京往事谈》中的陈育丞的一篇《饭馆》，讲述了许多旧时北京饭庄的细节，节录于下：

旧日饭馆的雅座不说是几“号”，而叫作几“官”，意思就是第几官座。……跑堂的，顾客皆呼之为“伙计”……个中能手不但能代客点配菜肴，而又善与灶上联系，经他传呼的菜，厨房必加意烹调，使之特别出色，以便得到顾客的赞赏。……至于所付小费，亦较优厚。伙计送客时，必高呼“某官惠过，小账若干”。……伙计多为山东福山人，乡音未改，和易近人，不惮烦琐。

大饭馆的厨房，其组织井井有条。如“灶上”有头灶、二灶之分，专司烹调；“红案”掌管刀俎；“白案”掌管面食、点心；“水案”掌管海味、鸡、鸭的处理；“料青”掌管作料的配备；“打杂”则添火、涤器；“库房”则采买、存储。每出一菜，掌灶者敲动炒勺作有节奏的声响，凡熟悉业务之伙计，听到炒勺响声，便能知道是否他所叫的菜。

在咸丰、同治年间，北京的饭馆（据所知）有：致美斋、福兴居、广和居、龙源楼、同兴楼、时丰斋、毓兴居、宴宾斋、裕兴居、富兴楼、毓兴合、吉兴斋、裕兴园、万福居、同兴居、泰丰楼、如松馆、才盛馆、便宜坊等。其中以广和居开设最早，也最著名。……当时京官中有些善于烹调的南方人，多向该馆传授心法，制作一些特殊的菜。如五柳鱼（即西湖宋嫂鱼），传自陶凫芗，叫作“陶菜”。又有“潘鱼”，传自潘炳年。“吴鱼片”，传自吴均金。“江豆腐”，传自江树昀。这几个人里面，吴的名气最大。吴字润生，光绪时官内阁中书，在京有“菜圣”之名。……他所传授的菜，不止广和居有，如“吴鱼片”“吴伞蛋”等，一直在山东饭馆里流传着。

崇彝《道咸以来朝野杂记》说：“广和居在北半截胡同路东，历史最悠久，盖自道光中即有此馆，专为宣南士大夫设也。其肴品以炒腰花、江豆腐、潘氏清蒸鱼、四川辣鱼粉皮、清蒸干贝等脍炙人口。故其地虽隘窄，屋宇甚低，而食客趋之若鹜焉。”

北半截胡同的广和居旧影

陶凫芗名梁，号凫芗，江苏苏州人，嘉庆十三年（1808年）进士，官至礼部侍郎，擅烹调。上引陈文的“五柳鱼即西湖宋嫂鱼”的说法不太准确，五柳鱼与宋嫂鱼是两种菜肴。五柳鱼在杭州又称东坡鱼，系鲜鱼收拾干净后直接水煮捞出，另以姜丝、笋丝、火腿丝、口蘑丝、红辣椒丝烹炒勾汁浇上。宋嫂鱼又称西湖醋鱼，做法与五柳鱼相近，但勾汁只用藕粉与糖醋。其实，“陶菜”既非宋嫂鱼也非五柳鱼，而是清蒸白菜瑶柱肚块。瑶柱即干贝。

潘炳年字耀如，晚号退庵，福州长乐县人，同治十年（1871年）进士，光绪八年（1882年）顺天乡试同考官，后任国史协修、功臣馆纂修、总纂。“潘鱼”系酱油、香菇、羊汤清蒸鲤鱼，取鱼羊鲜之意。因食客多有不喜羊膻气者，故改用鸡汤或高汤。清末魏元旷《都门琐记》谓“广和居之潘鱼、辣鱼，色目之佳者曰芙蓉鲫鱼”。

吴均金本名鋆，拆鋆字为名，字润生，江苏苏州人，官内阁中书。李伯元《南亭四话》卷七“腰斩中堂”谓：“吴县吴润生阁读，官京师，有时名，为潘文勤所器赏。初名鋆，以屡踬春闱（会试），改名均金。”“吴鱼片”是否为今人所说的炒鱼片，不好定论。昔日北京食用鲤鱼较多，《调鼎集》记有“鲤鱼片”的做法：鱼切片略腌，加烧酒、汁肉卤、醋、葱、姜烹。“伞蛋”即散丹，又称百叶，当属汤泡羊肚之类菜肴。夏仁虎《旧京琐记》谓：“打磨厂之口内有三胜馆者，以吴菜著名。云有苏人吴润生阁读，善烹调，恒自执爨，于是所作之肴曰吴菜。”庚子事变后歇业。

江树畇，江西弋阳人，光绪三年（1877年）进士。“江豆腐”似是以腐乳烩鸭条、豆腐条的羹肴。

广和居本是普通的鲁菜馆，何以官员传授的南方菜肴闻名于世？这就是经营者的智慧，抓住了天时地利人和的历史机遇。

清代北京因满洲人的到来，内外城的文化氛围与习俗发生了巨大变化。内城禁旅八旗禁卫皇宫，自成系统，形成旗人社会。顺治五年（1648年）八月发布汉人迁出内城上谕，搬迁期限到次年底共十六个月。旗汉分住完成于顺治七年（1650年）初，内城的非旗人居民全部迁到了外城，就是现在的前门、崇文、宣武三门以南的旧城区域。从而表明了清统一中华定都北京的信心与保持满洲风俗与组织制度的心态。八旗按方位驻扎：正黄旗驻德胜门内；镶黄旗驻安定门内；正白旗驻东直门内；镶白旗驻朝阳门内；正红旗驻西直门内；镶红旗驻阜成门内；正蓝旗驻崇文门内；镶蓝旗驻宣武门内。镶黄、正白、镶白、正蓝等四旗为左翼；正黄、正红、镶红、镶蓝等四旗为右翼，簇拥中央的皇宫。每一旗区包括满洲、蒙古与汉军旗人。

搬迁之际，内城明代形成的工商业资源一同迁出，内城更像一座兵营。茶楼酒馆等娱乐设施一概不许保留。从居民成分、流动性、生活多样性等方面上看，内城远远比不上外城丰富多彩。

搬迁后的外城在明代形成的区域业态特色上进一步繁荣。崇文门外手工业、商业集中；前门外商业、餐饮业、金融业、演艺色情业集中。我们今天追溯旧京饭庄大馆的历史，显见两大特征：一是创建时间多是清晚期，二是多集中在前门外。内城的餐饮业起步较晚，可以上溯到清代的不多，至于源自乾隆以前的，大抵是传说，没有可靠的历史依据。即便时下有的地处内城的老馆历史悠久，传说创建于明代，也不可能是在内城原地不动，一定存在搬到外城的经历，因之，若想证明传说的真实性，就必须弄清搬迁的轨迹，否则难以绕过清初搬迁决策与实施的历史。宣武门外则是非旗人官员集中居住区域。

乾隆年间旗汉分住界线松动，第二次鸦片战争以后脚步加快，但直至清亡，内城居民主体仍是旗人。据光绪三十四年（1908 年）民政部统计，内城四十一万人口，旗人占多一半，二十二万；外城近三十万人口，仅有旗人一万三千余人。

广和居所在的北半截胡同地处菜市口西南侧。宣武门到菜市口区域，南方各省会馆林立，除北半截胡同内的江苏会馆、四川潼川会馆、湖南浏阳会馆外，附近有南半截胡同的绍兴会馆、粉房琉璃街的新会会馆、宣武门外大街的江西会馆、虎坊桥的湖广会馆、烂缦胡同的湖南会馆、后孙公园胡同的安徽会馆，等等。此外，迁居于此的朝廷非旗人官员也多是南方人。今日不问贫富在外吃饭乃再平常不过之事，因之饭店经营定位无论高低皆可做大做强。昔日则不同，若想业务兴旺，必须盯住消费能力高的群体与有限的流动人群。在交通不便时代，广和居的地理位置得天独厚，处于汉官群体与流动人群的包围之中。流寓人口离开了乡土，家乡味道才可能成为强烈思念的对象，广和居抓住了商机，满足了这一拥有较高消费能力的群体需求，所以才会上演趋之若鹜的市景。

长期以来北京主打的菜系属于鲁菜。如果去过山东的济南、青岛等大城市，吃过当地原汁原味的鲁菜，味道往往与北京的鲁菜不一样。如此感觉并不奇怪，毕竟过去山东这些城市流寓人口少，不像北京能够聚起四面八方的官绅、士子、商人。当地厨师服务当地人，保持传统也就够了，无须琢磨口味变化。山东厨师离开家乡来到北京，一定要迎合北京人口味，否则买卖就难以为继。

这里说的北京人并不专指本地土著。什么人才算北京人，谁也难以说清楚。政府户口登记的北京人与乡土文化认同的北京人之间存在较大差异。我想抛开常用的属地、属人标准，不论来自何方，只要在京居住、认同京师文化者，便可以算作北京人。

北京自从升为都城以来，消费人群就是各方人士皆有，如今更甚。若论消费能力高的，当属旗人族群与朝廷官员群体。旗人算是北京土著，官员身份属地十分复杂，大都通过科举来到北京。地方餐饮输入北京，迎合的对象主要是这两部分人。

鲁菜为什么能在京独占鳌头，风光了上百年？概因山东地处黄金水道大运河中段，东临黄海，人流物流繁忙，饮食容易做到兼顾东西南北。譬如淮扬菜的糟鸡糟鸭糟鱼很具特色，而鲁菜的糟熘鱼片、糟熘三白、糟熘鸡脯也别有风味。从烹饪技法传承上看，曲阜的孔府是中国唯一世系明晰、文化传承不断的贵族之家，孔府的饮食与厨艺影响了鲁菜。而其他任何贵族巨室都不能与之颉颃。历史上的贵族世袭之家，其兴衰往往伴随皇朝兴替。譬如明朝兴起，造就一批开国功臣世袭贵族，清朝取明代之，明朝的贵族一个也没保留下来，而是再造一批本朝的贵族。待到清朝灭亡，这些贵族顷刻之间亦烟消云散。唯独孔府，不管哪个皇朝都尊孔。因之，孔府文化得以超越皇朝更替，一脉相承经久不衰。

普通饭馆

普通饭馆包括前面所讲的二荤铺的饭食实惠，价格低廉，兼具快餐功能。炒菜以普通的鸡鸭鱼肉为主，绝无山珍海味，乃是平民解馋、小聚、便餐的理想去处。这类饭馆原本遍布大街小巷，公私合营以后，合并撤销不少。

公私合营期间伴随统购统销，票证制度开启，兼之弘扬艰苦朴素精神，把吃馆子当作资产阶级生活方式痛批，一时间世风大变，不敢吃与吃不起的人越来越多。不敢吃是怕被好事激进之人得知，遭到批判，影响个人

20 世纪 70 年代末东风市场内的民族饭庄

前途。虽然吃馆子不是免费的，且属于个人爱好，但面对革命激情的抨击，辩解总是苍白无力的。吃不起则是收入低，赡养系数普遍增高所致。因之，饭馆撤并虽多，却没发生社会吃饭难现象。

直到“文革”后期，人们厌倦了苦行僧与假大空式的革命，心思转向实在的生活。既要享受生活，最容易实现的就是吃喝，于是吃饭难的社会问题突显，且愈演愈烈。那时到了饭口，无论大小饭馆真的是座无虚席，十人圆桌可以坐上十多位互不相识的人各自用餐。等位方式今天说来，也许显得荒诞可笑，是站在食客身后紧盯不放，唯恐客人吃完站起，座位即被他人抢占。为了座位争吵乃至大打出手也屡见不鲜。

固定或流动食摊在前文已叙述，不再重复。

私家菜

私家菜多是吃主开设，有别于饭庄。它超越了菜系门槛，厨艺精到，颇有自创菜肴，是好吃之人的好去处。

私家菜中的谭家菜极富盛名，如今冠之官府菜，实属无中生有。长期以来，官府指的就是政府衙门。现在有些人官本位观念顽固，权力等级崇拜渗入骨髓，佳肴推销若够不上宫廷，就退而求其次，扯上官府冠名，仿佛不宫廷不官府就无从证明珍贵高档似的。

宫廷菜之说尚属勉强，毕竟御膳房自成系统，只服务皇帝一家人，与外人无关。不过，宫闱秘事一向严禁外传，保留下来的卷帙浩繁的清宫《膳底档》也只存菜名而无技法描述。当代商业营销的宫廷菜只是借其名，而无从仿其法，因之，所谓的宫廷菜实质上是今法古称的创意菜。而官府菜之说则是无源之水，经不住推敲。

不可否认，官员群体是高档佳肴的消费主体，却绝不是消费全体。同时，佳肴的出处也不是官府伙房独创的，而是现成的饭庄大馆或招募名厨完成的。

以人生衣食住行四项必须之事而言，清朝以前衣、住、行三项皆有等级限制。衣则平民不得穿戴貂、狐肷、丝绸等高级材料的服装，更不得穿官服，官服本身亦有品级规定，严禁越级使用。住则房屋的间数、梁架、装饰、彩绘等方面都设置了等级门槛，平民再有钱也不能仿照宫廷、王府的建筑模式。行则使用的交通工具，官民显有不同。譬如乘轿，在京文官二品以上且年过六十始可乘之，武官则不论品级与年纪一律骑马，不许乘轿。武官一品且年过七十者如想乘轿，则要请旨定夺。京官乘轿只是四人或二人抬，钦差大臣出京可乘八抬轿。各省官员因是代表朝廷理政地方，总督、巡抚乘八抬轿，司道与府县官员乘四人轿。平民除结婚迎亲以外，禁止乘轿。唯独“食”作为本能，并不存在界限禁令，官员能够享受的，普通人照样可以品尝，只不过受观念与财力制约。

官员也有好吃不好吃之分。好吃的官员追逐美食，精研厨艺，醉心盛宴，也只是官员个人行为，而不是官府行为。清朝并不禁止官员私下经商，如和珅抄家清单上登记有当铺七十五处、银铺四十二处，官位再高，倘若自家开设饭庄也不等同于官府的饭庄。清末再腐败，也没见那个衙门组建厨房，一天到晚研究厨艺，形成独家的菜系名品。凡是讲吃喝的，都是使用社会上现成的名庄大馆与名厨能厨资源。

古往今来，佳肴食用并不仅局限于官员群体。偏要在芸芸众生的食客中突出官员，尤其是权贵的享用历史，以此作为美味的唯一标准宣传推介，无形之中把人之生物本能分作了三六九等，不但荒诞，而且令人悲哀。其实，人只有品尝机会的不平等，而无品尝能力的不平等。在清朝，有官属用品，诸如官服、官宅、官轿、官饰，而绝无官府专用菜之说。

谭家菜的创始人谭宗浚，广东南海县人，同治十三年（1874 年）甲戌科榜眼，曾任四川学政、江南乡试副主考、云南粮储道、云南按察使。谭好吃并喜欢钻研厨艺，每到一处必留心当地佳肴制作，博采众长练就了自家烹饪技法，同时创造了自家名品佳肴。谭亦好客，每每亲自督厨制宴酬宾，其家宴很受当时北京官场的追捧。

实际上，商业经营的谭家菜与谭宗浚无关，而是其子谭瑑青创始。谭瑑青没有其父的文化、财富与官员背景，无法延续父道传统，最终走向对外经营餐饮。

谭家菜最引人注目的是自成系统，绝不能因谭是广东人而将其归入粤菜。吃主与厨师之间最大的不同就在于吃主无界线，只求味道而不论菜系；厨师厨帮菜系有界线，如不固守则丧失菜系特征。吃主操厨的显著优势就是味道与厨艺的不断碰撞磨合，不计门户，万物万法为我所用，专注寻找烹饪技术的高点。聘请家厨也是只问手艺而不问帮派。

谭家菜技法以炖、煨、㸆、蒸为主，海干货菜肴尤绝。谭家菜自清末在西四羊肉胡同开业后几经搬迁，最后落脚在北京饭店西楼七层。黄焖鱼翅是谭家菜代表，讲究水发清理杂质不伤表皮，然后在高桶内用两个竹箅子上下夹住鱼翅，其上覆盖从脊背开膛的肥老母鸡两只、肥鸭一只、火腿与蒸过的干贝。桶内注水烧开，头汤滗出，再注足水量烧开，转为慢炖多半天以上，取出装盘浇汁。这道菜整翅鲜亮，挑开薄膜，翅丝排列整齐，口感醇厚，质地软嫩又富弹性，比鲁菜的红、白扒鱼翅、通天鱼翅显得更嫩滑入味。

鱼翅是鲨鱼的鳍，食用的是鳍的软骨，又称翅筋、翅针。按生长部位分称脊翅、胸翅、腹翅、臀翅和尾翅，其中以脊翅筋多而肉少，品质最优，适于做高档排翅。鲨鱼种类极多，以菲律宾所产“吕宋黄”最受欢迎，晚清时一副要卖到二十多两白银。

这些年也吃过几家名馆的鱼翅，一律是分餐的钵装散翅针，整翅已然不见。因原料已非整翅，而是经过加工分离的翅针，故烹饪时间与程序都简化许多，吃起来口感齿感不佳，总觉得火候不足，存在硬心儿，更谈不上味道醇厚。鱼翅先期加工分离成翅针，不但有碍菜肴的观感、口感，更严重的是极大地便利了造假。以鱼皮鱼骨等熬胶拉丝不是什么难事。

谭家菜除鱼翅之外，佳品甚多，如红烧鲍鱼、扒大乌参、葵花鸭子等。让人怀念的是消失了的网油山鸡卷。山鸡即野鸡，又称雉鸡，个头小，体健，肉质细嫩，脂肪含量极小，所以烹饪时用猪网油卷去掉皮骨的山鸡肉，或蒸或炸，以油浸润鸡肉增香去腥柴。

私家菜还有刘家菜、梁家菜等。听老辈吃主讲，刘家菜就是曾经位于王府井大街新华书店北边敦厚里小胡同的闽江春，擅长福建菜。

再如张学良的把兄弟周大文，曾任北平市长，抗战

《烹调与健康》
周大文（华章）著

期间，出任日伪华北广播协会会长与北平广播电台台长。抗战胜利后，被定为汉奸，后因病保外就医。

周是爱吃会吃，喜钻研厨艺的人。每遇名厨能厨，不耻下问，从而练就一身主打淮扬，兼山东、广东特色的烹饪绝技。擅长菜肴如蟹黄白菜、瓤青蛤、高丽虾、熏黄鱼、黄鱼羹等。

七七事变后，周与人合股在东安门大街路北（大约是在今中国银行的位置）开设新月西餐不足两年关闭；随后又在中山公园开设淮扬风味的上林春，所制萝卜饼味道独特，分咸甜两种。做法是萝卜丝挤水，咸的盐腌，加猪油、芝麻、葱花调制；甜的糖腌，加猪油、桂花、桔饼调制。分煎烙与油炸两种，前者薄皮包馅压平，上铛煎烙；后者馅料拌入面粉，攥成丸子油炸。

周1952年与人合股，在西单开设好好食堂，自任厨师。1949年到1956年社会主义改造以前，北京开设的饭店多用食堂、菜馆冠名，如王府井的味村食堂、前门外的劳动食堂、新开路胡同的康乐家庭食堂等。这是革命风气浸染社会的结果，吃喝摆谱之风渐渐远去。国人一提食堂，不免立即联想起单位集体食堂的大锅饭。大锅饭只为填饱肚子，绝谈不上品味，尽管开设饭店冠名食堂，只表明跟从主流意识，但经营上仍延续传统，在厨艺、服务上下功夫。

周可谓是吃主下海练就的名厨，可惜独门绝技经营饭馆，没有像谭家菜那样立足社会薪火相传。

周原籍江苏无锡，出生在天津，故常有人把天津名馆周家食堂认领到他名下。其实天津和平区的周家食堂创办人是周衡律师。周衡出身于江苏宜兴望族，先祖周延儒是明万历四十一年（1613年）状元，崇祯年间两次入阁拜相，后以督师对阵清军，迁延不战，谎报战功事发，被崇祯皇帝赐死。周衡住在西开教堂附近，今柳州路与营口道相交处。1947年周衡正式对外开放周家美食，1949年以后，住宅一层改成餐厅，冠名周家食堂。起初也是北京谭家菜的范式，不卖散座，公私合营后才开启零售。“文革”初期改称红卫兵大食堂，如今则称苏闽菜馆。周家食堂的菜肴比较亲民，如周家排骨、周家鱼、糟香鸡丝、椒麻鸡、糟熘肉丝、淡糟响螺片、龙身凤尾虾等，技法娴熟独到。

这些年常去天津，起初不免追寻旧味的冲动，四处乱吃，结果总感失落。后来梦醒，自嘲可笑，人年纪越大，味觉越退化，口味越固化。不是人家做的菜都失准粗糙，而是自己的味觉分辨力大大下降。味觉记忆属于主观抽象范畴，可以是尽善尽美，也可以是一无是处。人生顺势顺时生活，企图重演逝去的岁月，享受曾经认定的美味，十之八九是自寻烦恼。

话题回到周大文，所著《烹调与健康》（周字华章，故署名周华章，1957年人民卫生出版社印行）值得吃主、厨师一读。本书概括分类的烹饪技法为煎、炒、烹、炸、熘、烩、煸、煮、烫、嫩、炖、扒、汆涮、蒸、烧烤、熏十六种，并且顺应时代风气，提出佳肴三标准：一要好看、好闻、好吃；二要尽量留住食材的营养成分；三要省钱、省时且不失佳味。

周不仅是吃主、名厨，同时还是京剧青衣名票。曾拜“通天教主”王瑶卿为师学习旦角艺术，经常粉墨登场。譬如1936年底，在地安门吴俊升之子吴泰勋家的堂会上与程砚秋合演《回龙阁》（又名《大登殿》）。戏剧表演与厨艺有共通之处，不然梨园界就不会把“火候”一词经常挂在嘴边。炒菜的火候与表演的尺度一样，多一分则过之，少一分则不足，两者都不能产生令人满意的效果。

康乐家庭食堂也是私家菜，1950年在东城新开路胡同西口路北开业，原是三家合办，因经营失利，一家退出。1952年，又有两家加入，四对夫妇合办。

这是仅有一间门脸，内设一张大圆桌、两张方桌的小馆。我小时候在新开路小学读书，经常路过，所以印象颇深。1956 年公私合营改称康乐南菜馆，搬到东城八面槽教堂旁边的椿树胡同。“康乐”经营的是混合菜系，福建、云南、四川、淮扬、山东菜皆有。如福建的红糟鸡、红糟肉方、炸瓜枣；广东的炒吊片（水发鱿鱼）；云南的汽锅鸡；上海的炒鳝丝、雪里蕻炒冬笋；淮扬的桃花泛；山东的翡翠羹；以及三色鸡酪、金钱虾饼、麻酱腰片、桂香芋泥等，另有快餐过桥面、鸡丝汤面、猪肝面、鳝鱼面，一碗五角，味道十足。主厨常静女士是旗人，十二岁时曾在前门一家鲁菜馆学徒，她的丈夫是四川人。

也许是康乐开业时的主厨罗慧与后来居上的常静皆是女性，又都是在自家厨房练就精湛厨艺，所以不同于饭庄大馆的厨师，所做的菜出自日常饮食的味道体验，融合各菜系技法为己所用，精巧细腻，别具一番风味。譬如翡翠羹出自鲁菜而胜于鲁菜；桃花泛出于淮扬菜而技高一筹，起先用番茄酱和海参、虾仁、冬笋、黄瓜等丁炒制勾汁，然后当着客人面，热浇于炸锅巴上，刺啦一声，不知者常被吓一跳。20 世纪 80 年代初康乐搬到安定门内以后，这道桃花泛又加上荔枝、菠萝丁，味道反觉不足。我常说，对社会认可的成熟菜肴改进要慎重。荔枝、菠萝不是江苏物种，两者甜味与气味并重，加入后反夺本菜的主味。当然如果到两广、福建开分店，加上荔枝、菠萝可能会很快为当地人认可喜欢。

冷庄子

堂字号买卖中有一类称作“冷庄子”，乃是巨型宴会的社会需求旺盛的产物，1928年中央政府南迁以后很快走向没落。冷庄子比较有名的如后门桥义溜河沿的启华堂，前门外西珠市口的天寿堂，北新桥石雀胡同的增寿堂与天丰堂。冷庄子除预订包席之外，平日不起火不营业，总是冷冷清清的，也不见得雇佣坐堂厨师。这类馆子卖的是组织操办能力与场所，只要有人上门相约，可以立刻按照雇主出资和宴会规模标准预备酒席，同时也应外办，即登门操办宴会。

冷庄子临时雇用厨师多在棚口。棚口又称口子厨行，系厨行中流动上门做菜的职业类别。今天流行平日吃饭叫外卖，结婚、庆寿等聚会上馆子。过去平日吃饭自己做，不做则选小馆食摊。普通人家办喜寿大事难以担负饭庄大馆的费用，大都选择自家搭棚招待亲朋，多聘用“跑大棚的”厨师上门操办。“跑大棚的”是“口子攒儿”中的厨行，手艺一般，以做大路菜见长。所以高门大户的家宴绝不雇用此类厨师，而是与名馆联系。棚口一般按地界划分厨师的归属，厨师挂靠的棚口或冷庄子相对固定。宴会的服务人员属于茶行（茶房），也是与熟悉的棚口相辅而行。

昔日茶馆多具有职业介绍所与买卖交易点的功能。棚口的挑头厨师或经纪人一般下午泡茶馆，若想雇用棚口厨师，又无关系介绍，可以径直往茶馆寻找。

在冷庄子办事，价钱相对低廉，是平民想做脸又省钱的理想去处。办事规模分“满请人”“请近亲友”与“请至亲”三种。“满请人”规模最大，犹如今日只要认识、曾有交往便发请帖；“请近亲友”规模适中；“请至亲”则是至近亲属相会，基本排除了远亲与朋友。后两者一般

昔日茶馆

昔日饭馆

不用请帖，或登门或见面邀请。

“满请人”不免有撒网捞鱼之嫌。百年前的北京，饭店的鱼翅席（不含酒水小费）十二银圆，海参席八银圆，最低的便席二银圆，“谭家菜”最贵的席四十银圆。假如办两圆的便席，则包括四冷荤、四热炒、四大碗、一大件、一汤共十四道菜。一桌坐十个人，如果平均每人出五角份子，那么办事者就能剩点钱。

老北京常把应酬称为“人情份往”。参加婚嫁、寿诞、满月之类的喜庆宴会，一定要奉送一份与本人身份相称的礼金，俗称“出份子”。人情冷暖厚薄，金钱从来是一项重要的价值尺度。凡举办类似盛宴，皆要设立账房，负责验收登记礼金。上账起码有三个作用，一是防止礼金散乱流失；二是主人日后还情的依据；三是昔日礼金付出的回报验证。礼金是“来回注”，或是还情回报，或是暂时付出。

从礼金、礼物汇总上看，大型喜庆宴会无异于分摊集资消费，类似于当代的AA制；但从人生社交历程的总支出上看，最终还是主办者本人承担的，只不过让集中开销变成了分期付款（先期付出的回报加上日后需要的还礼）。礼金犹如经济互助会，瞬时财聚一家，让财力稍逊家庭足以撑起场面，超越支付能力提高宴会档次。实际花费分三种情况：支出小于收入，收支大抵相等，支出大于收入。前者广受社会诟病，被指为“撒网捞鱼”食亲财黑，赚了钱而丢了脸面；后者博得赞许，费了钱而维持了体面。

来宾心态也大不一样，有不计钱财只为友情的；有情感投资的；有例行公事应付的；有迫不得已不能不来的；也有借机实现超值享受的，譬如出很少礼金，却带领一大家人来此解馋大吃大喝。凡是顾及脸面不想让人说闲话的人，在筹办聚会喜庆之事时，宁可压缩其他方面开支，也要在宴席上做得精细丰富些。宾客吃得舒服满意，也就堵住了闲言碎语的指责。

当代社会急剧变迁，从熟人社会迅速走向陌生人社会。社会越是流动，个人身边的朋友越少，社交圈子往往是变动而陌生的。倘若再以熟人社会的规则处理社交关系，则缺乏回馈机会，除非愿意付出而不计成本；然而，即使你慷慨好客，新交也不见得愿意欠下这份人情。因此，摒弃传统方式，选择 AA 制共同消费再合适不过了。

AA 制系指共同消费均摊账单，源于英文 Let's go dutch（让我们做荷兰人）；美国则称 Going dutch 或 Splitting the bill。在现代化早期的十六七世纪，荷兰人与威尼斯商人是海上贸易的主体，奔波流动性极大，因而在聚会交往中采用各自担负费用的形式，这正是陌生人之间因缘际会，既联络了感情又互不欠情的最佳选择。随着海上贸易而传播，这一结账方式在移民国家美国更为流行。模仿荷兰人做法的结果就是账单均摊 Algebraic Average（代数平均）；从角色扮演上看，又作 Acting Appointment（代委任制，衍生出一个角色由两人分担之意）。两组词汇皆以双 A 打头，故作 AA。

晚清以后，受西方社交习惯影响，在开放的大城市出现了“公东”聚餐形式，即分摊付账。公东在当时常被称作“美国式”，缘名求义就是模仿美国人聚餐分账方式，出席诸位皆做美国人（American）。选择美国式聚餐的人未必懂英语，但皆知这是美国人处事习惯，因之，AA 作为中式英语，当指模仿两位美国人用餐各自付账的方式。如此解读更富含文化移植的历史韵味，比起 Algebraic Average 或 Acting Appointment 的缩写更为直观有趣。

其实，在均摊账单流行以前，传统聚会饭局在本质上也是 AA 制的。等价交换是人类社会普遍遵循的社交准则，古今中外没有显著区别，只不过表现形式不同罢了。

传统的宴集最流行的方式是“做东”，即一人出资请客。熟人社会流动性差，个人社交圈子更换频率低，因此等价交换不必即时兑现，可以拉长时段互补。孔子讲“来而不往非礼也”。吃了别人的饭，自然欠下人情，总要寻找机会偿还，因而形成宴集轮流坐庄习惯。当然，轮流坐庄每次的实际花费不可能绝对一致，但是随着轮值次数增多，个人负担就越趋于平均。礼尚往来是先民恪守的社交原则。

馆子无论大小，真正能让人记住的是菜肴，菜肴的质量、味道是评判馆子高低的首要标准。语言文字描述味道一向乏力，令人捉摸不定，譬如入口即化、软滑鲜醇、弹牙齿香之类经常出现的评语，实际味道究竟怎样，只有吃过才能清楚，未曾吃过的人则无从判定。离开餐桌讲解美食美味只能激发联想，让人只获得抽象概念，一旦实践说不好是如意还是失落。

中国菜肴不是标准工业化的产物，而是厨师个性化的即时作品，不要说不同厨师烹饪的同一名谓的菜肴存在不同，就是同一厨师也不能保证每次都做得一模一样。因之，谈论馆子名菜，味道描述无足轻重，一人之口味乃一人之标准，不必推及他人。况且个人的美食记忆不是一次完成的，他人更不可能复制。

佳肴名菜之所以受多数食客吹捧，必因有成熟规范的用料与精准规范的烹饪技法的支撑。工欲善其事，必先利其器。谈美食美味，多讲些食材品质与主要技法似乎更为重要。起码可以让新进的好吃之人循例操厨实践，或者吃馆子遇到菜肴失准失味时有法可依，据理力争。当代厨艺普遍下降，与食客挑剔功力不足有关。店方做菜无论怎样都卖得出去，还用得着在厨艺上下功夫吗？

一品官燕

一品官燕是清汤燕菜的上品，关键在汤上。鸡鸭、火腿等熬汤，久滚则脂肪变性，汤色变浑。如何变清？一般是把剁碎如泥的牛肉或鸡肉放入微开的汤锅中，悬浮物会吸附在肉泥上，然后捞出肉泥。周华章《烹调与健康》里讲述的方法是用鸡蛋清注入微开的汤内，汤清后捞出蛋清。此外，还必须除去汤中浮油。今天比较容易做到，放入冰箱中一冻，浮油凝固刮去即可，昔日则是用绸子或干布在汤面上过几遍，即可将浮油吸尽。

燕窝是雨燕在海岛洞穴岩壁上用唾液筑起的巢穴。雨燕一年三次结巢，以第一次的最好。若论品种，爪哇金丝燕比较有名。如今常听到美食家吹捧“血燕”最佳，血燕就是带血丝的燕窝。其实燕窝以雪白的最好，灰白的稍差，血燕居末。

干燕窝经热水泡软，择去绒毛杂质，然后碱水泡发，清水洗净后用鸡汤焯过，放入汤古子（汤盆）里。预先处理好的清汤加盐、味精、黄酒烧开，顺边倒入盆中。汤色清澈，燕窝如雪，口味软滑鲜醇。

其实，根据当代营养学成分分析，燕窝的蛋白质含量还不如豆腐皮与猪皮。直至今天，燕窝也好，鱼翅也好，吃的不是食材本身，而是附加的社会地位价值与厨师手艺。燕窝、鱼翅等海味本无特殊味道，是展示厨艺“无味使之入”的理想食材。

今天我们应该提倡拒食野生食材，尊重动植物自然生长的权利。中华美食伴随着先民谋生的血泪史，同时也是野生动植物的血泪史。燕窝是人类丑陋无情的绝好见证，强夺雨燕巢穴无异于人间的强行拆毁人家，让人流离失所。有时一次还不够，甚至接二连三赶尽杀绝。

或许有人会问，既然主张拒食，为何前面介绍了鱼翅，这里又介绍燕窝，岂非自相矛盾？其实拒食燕窝、鱼翅不等于丢弃精良的技法，清汤不做燕窝，照样可以做其他食材。

葱烧海参

葱烧海参系山东名菜。如今海参已是大量养殖，以辽参最好。

吃葱烧海参，一定要选深秋到冬天这一时段。干海参不分季节，而葱有季节之分。过去春夏季节吃馆子，点葱烧海参，跑堂的马上知道食客是外行，难免让食客受到欺负而浑然不觉，多花了钱还得感谢他。跑堂的察言观色能力高，说话得体周到，嘴皮子功夫了得，一旦确认食客是外行且不怕花钱，一定顺势推销几个贵菜。跑堂的怎么知道食客是个外行？就在于错季点了葱烧海参。葱只有秋后成熟放置一段时间，丢失些水分，味道才最好。

葱烧海参的做法是，先炸葱段与整根香菜至焦黄色，葱段拣出，香菜丢弃，倒出一部分葱油待用。再下冰糖熬糖色，随之兑鸡汤，放入葱段与开水焯过的海参，加盐、酱油、料酒等稍煮。最后勾薄芡，浇另一部分葱油。

芙蓉鸡片

芙蓉鸡片曾一度消失，如今许多鲁菜馆子已经恢复此菜，但做法往往不尽人意。

“文革”期间，社会普遍认为只有资产阶级与顽固不化的非无产阶级之流才吃馆子，因之，馆子也要彻底革命，必须服务于大众，菜只做家常最低档的，而且取消了服务。我曾在鼓楼前一家不错的老馆吃过窝头、咸菜与熬白菜，不但要先交钱，而且要自端自取，吃完还得自己洗碗，完全变成了食堂。当然，这一状态维持时间较短，不久有所恢复，但是许多价钱稍贵的佳肴不见了，只做些简单便宜的家常菜，如熘肉片、辣子鸡丁、炒白菜等。

“文革”后期，一般的馆子逐渐恢复到“文革”前的样子。打倒“四人帮”以后，馆子走入空前繁荣阶段，但是由于多年荒废，许多厨艺绝活与优良技法因老师傅越来越少，并没有得到继承发扬。老师傅在的，佳肴恢复就比较容易，老师傅不在的就比较麻烦。厨艺靠口传心授传承，最怕中间断档，不要小看只有十年，足以损失厨艺精华的大半。恢复传统名菜最容易莫过于恢复菜名。挟其名而壮店威，立即可以获取广告宣传效应，但是菜是吃的，食客一入口连一时也蒙骗不了。

20世纪80年代中期颐和园东宫门牌楼前面，新开一家鲁菜馆子，装修豪华，我和几位朋友去吃，见菜谱上有芙蓉鸡片，便点了一个。端上来一看竟是熘鸡片，一位也是吃主的朋友忍不住问服务员：“您这是芙蓉鸡片吗？”答曰：“怎么不是？从没有客人提出过疑问。芙蓉鸡片还能是什么样子？”朋友说：“我告诉你，让你明白明白。”我立刻把他拉住，对他说：“你没有义务让她明白。她既不是店主也不是厨师，来此只为打工挣钱，压根不想明白，也无须明白。”古语说，不可与之言而言是失言，可以与之言而不言是失人。何必枉费唇舌，自寻烦恼。中国菜肴本无名实严格标准，若争论起来则分不出黑白高低。

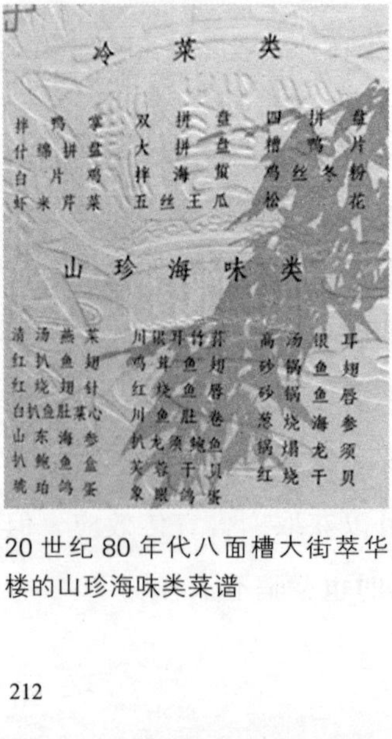
冷菜类

拌鸭掌	双拼盘	四拼盘
什锦拼盘	大拼盘	糟鸭片
白片鸡	拌海蜇	鸡丝冬粉
虾米芹菜	五丝王瓜	松花

山珍海味类

清汤燕菜	川银耳竹荪	高汤银耳
红扒鱼翅	鸡茸鱼翅	砂锅鱼翅
红烧翅针	红烧鱼唇	砂锅鱼唇
白扒鱼肚菜心	川鱼肚卷	葱烧海参
山东海参	扒龙须鲍鱼	锅塌龙须
扒鲍鱼盒	芙蓉干贝	红烧干贝
琥珀鸽蛋	象眼鸽蛋	

20世纪80年代八面槽大街萃华楼的山珍海味类菜谱

名厨做的芙蓉鸡片就是不一般。自幼吃过多家鲁菜名馆的芙蓉鸡片，比来比去还是萃华楼的主厨曲有功做得最地道。此菜的做法是鸡脯肉切碎用刀背剁，使之成鸡茸，梭鱼肉剁成泥，荸荠切碎，再加入鸡蛋清，朝固定方向搅动成稀糊状。滑鸡片一定要用猪油，第一讲曾说到动物油炸东西不易上色，如此正好保证鸡片是雪白的。油温不能高，盛一勺稀糊，放入锅中摊开，浮起成片，随下随捞出。然后另起锅，炝锅兑鸡汤，放入滑好的鸡片，勾薄芡浇明油，根据时令放一两根豌豆苗或两三片木耳配色。

现在京城几家鲁菜老字号大馆皆有此菜，但吃来吃去也没找到一家能靠近传统的，基本上是机器绞的鸡泥子，加鸡蛋清与水淀粉在平底锅中摊成薄片，缺鱼肉与荸荠碎。讲究的荸荠碎不拍剁，而是细切成小方丁粗剁。荸荠碎为什么重要？这是考虑到美味品尝的口感与齿感。人在吃柔软嫩滑的带汁菜肴时，往往喝多而不嚼或少嚼。芙蓉鸡片柔软嫩滑，多嚼无益，不嚼则味道不出。荸荠碎的作用就在于软中带硬，促使咀嚼，从而让菜肴味道发挥到极致。

肥鸡火熏白菜

鸡肉现在极为普通，过去算得上美味佳品。养殖催生的鸡太肥，鸡脯肉却柴硬，简直没法吃。过去的宫爆鸡丁用鸡脯肉，现在用鸡腿肉。

肥鸡火熏白菜的做法是嫩母鸡脯肉切成条，挂浆后过油，白菜心切段，入油微炸捞出，用松木锯末点烟熏十分钟，随后与鸡条爆炒。本菜物料与技法都比较简单，取其烟熏松香味道。

响铃双汁

响铃双汁，多年未见此菜。现在的淮扬馆子通常预备炸响铃，一般是油皮卷起来切段炸至酥脆。响铃双汁与此不同，用的是烤方（炉肉）的干猪皮，把皮切成条，油炸至酥脆，装盘时分两部分，勾甜咸两种汁分别浇上。之所以称“响铃”，指的是食用时发出的响声。

油爆双脆

油爆双脆，现在能吃上的机会比较少。即使碰巧吃上，也是猪肚。传统用的是羊肚仁与鸡胗或鸭胗，肚仁是羊肚最厚嫩部位。羊肚与鸡胗这两样食材具有共同特性，都是火候过了嚼不动，火候不足也嚼不动，火候恰到好处，方能吃着咯吱作响，所以称双脆。

此菜的做法要用两口锅，一锅水，一锅油。食材先焯开水，捞出迅速下油锅爆炒，加入预先用盐、料酒、蒜片等调制的调味汁，出锅撒青蒜段。动作一定要敏捷，准确掌握火候，不然就嚼不动了。不用羊肚也可以用猪肚头。

当今这道菜之所以罕见，不是因为食材难寻，而是技法难以胜任。如今养殖的鸡胗、鸭胗与羊肚、猪肚都比昔日的嫩许多，对火候准确的要求已大大降低。尽管如此，可能因为技法要求相对高超，而食材却普通价廉，如果卖高价，让人难以接受。毕竟在许多人的潜意识中，吃的首先是食材，往往忽略了厨艺精湛。这恰是渴望成为吃主之人的悲哀。把食材的稀奇高档当作菜肴的高档，极其荒谬；高档食材偏遇蠢厨子，那才叫冤枉。因之，我常说吃馆子首选厨艺中规中矩，若有名厨佳厨更好，其次才是食材。山珍海味并非经常食用之物，寻常之物做出不寻常的味道，岂不愉悦口腹？

糟熘三白

糟熘三白比较常见，鲁菜馆子、淮扬馆子皆能吃到。只不过各家三白内容有所不同，传统的鲁菜三白是鸡片、鱼片、玉兰片。

糟熘三白也好，糟熘鱼片也好，糟熘鸡脯也好，关键在“糟”的质量。某次电视节目上介绍北京某名馆的糟熘菜肴，店方人士信誓旦旦，称其店坚持按照古法烹饪。听此话勾起我的兴趣，倒要看看他说的古法究竟是怎么回事。原来是头天晚上把酒糟放进比较密实的布袋里，兑上黄酒挂起，让酒慢慢渗沥收集起来，第二天用来做糟熘菜肴。我真佩服此人的胆量，竟然把当代工业化生产的糟卤说成是古法。传统的香糟是江南酿造黄酒剩下的酒糟，再反兑上黄酒封坛，放到地窖或背阴处至少存放半年以上。若封得严，储存数年更佳。存放越久，糟味越浓醇，用时需加黄酒、白糖、桂花稀释，放置两三天后过滤。依此法，糟熘可以拉黏。

古法存糟，时间长，产量低，远远不能满足日益增长的消费欲望，所以才产生糟卤调味品。以时下糟熘水准而论，黄酒泡糟一天，总比一天不泡强，起码增加些许糟味。然而，若要夹菜时拉黏，就想也别想了。

酱爆鸡丁

酱爆鸡丁，现在通吃各类馆子。原料鸡肉、花生米再普通不过了，要紧的是炒酱。酱系黄豆、白面、盐混合发酵而成的黄酱。合乎标准的酱爆一定是酱包在鸡丁上，食用后盘子基本上是干净的。我总说炒菜首先要做到中规中矩，并不强求厨艺有多高超。名厨、能厨、佳厨毕竟极少。酱包鸡丁不是什么难事，更不是绝技，可现在许多馆子端出的此菜，常常是酱摊在盘子里，很不合格。有的倒是能使酱包鸡丁，但放糖过多，火候过分，而使味道发苦。如今少糖、少盐、少油的健康宣传铺天盖地，可是到了馆子里，乃至饮食节目几乎无一不是反其道而行之。某厨师介绍炒酱时说大火猛炸白糖要多，我想他做的酱爆鸡丁一定是又甜又苦的。靠糖多增大黏性包住鸡丁，此法实不可取。

自幼到现在吃过不少次酱爆鸡丁，每次都觉得糊糖味甚重。烹饪技法从来不是一成不变的，我以为不必再用黄酱加糖的方式，而改用含糖的“六月香”豆瓣酱或甜面酱，微火炸酱，只要酱一发黏，即刻投入过油炸好的鸡丁与花生米翻炒出锅。如此既能酱包鸡丁，也解决了过甜与糊糖味重的问题。

炸双胗

鸭胗、鸡胗裹上淀粉、面粉、鸡蛋液的混合稠浆，炸到八成熟捞出，另起锅用芝麻、椒盐与鸡鸭胗翻炒。这道菜多年未见。

桂花皮炸

桂花皮炸（炸带儿音）的原料是猪肉皮，做法分两种。一种是唐鲁孙《吃在北平》回忆的地安门外庆和堂的桂花皮炸：“所用的猪肉皮都是精选猪脊背上三寸宽的一条，首先毛要拔得干干净净，然后用花生油炸到起泡，捞出沥干，晒透，放在瓷坛里密封；下衬石灰防潮及湿，等到第二年就可以食用了。做菜时，先把皮炸用温水洗净，再用高汤或鸡汤泡软，切细丝下锅，加作料武火一炒，鸡蛋打碎往上一浇，撒上火腿末一搂起锅，就是桂花皮炸。松软肉头，香不腻口，没吃过的人，真猜不出是什么东西炒的。这个菜可以说是地地道道北平菜。”另一种做法是：将猪肉皮刮干净，晾干晾透，做的时候用温油炸至蓬松起泡，捞出放碱水清洗，除去油脂，再用清水洗净切丝。以下程序与唐鲁孙叙述的一样。所谓桂花就是搅碎的鸡蛋。

如此处理的猪皮又称假鱼肚。到馆子吃红烧鱼肚、虾子鱼肚、芙蓉鱼肚、蟹黄鱼肚之类的菜，如果价钱不高，肯定掺入了假鱼肚。假并不代表难吃，只要手艺到位，丝毫不比真鱼肚差。鱼肚是黄鱼、鳗鱼等的鱼鳔，又称鱼胶、白鳔、花胶。产自广东沿海的“广肚”最有名，福建的“毛鱼肚”次之，品质以肥厚张大、色泽光亮为优。

锅塌豆腐

锅塌豆腐，分带馅与不带馅的。带馅就是两片豆腐中间夹肉馅。如今馆子里做锅塌豆腐，差不多都是鸡蛋液先摊在锅里，把豆腐块码在上面，然后再淋些蛋液一翻勺，勾汁便成。我说这不叫锅塌豆腐，应该叫蛋包豆腐。

传统的锅塌豆腐做法是，豆腐切成扑克牌大小的厚约一厘米的片，焯水上浆油炸，使豆腐包皮，然后炝锅加佐料与高汤，把豆腐放入煮开，撇去浮末转为慢火，直至汤汁收尽。收尽汤汁才是烹饪意义上的塌。豆腐通过塌的缓慢过程，才能无味使之入。

现在为什么改良？就在于豆腐乃普通之物。今日之法不需一分钟就能做好，而花费几分钟做一个廉价菜得不偿失。到了饭口，厨房灶眼进入紧张阶段，对费时价廉的菜肴要么取消，要么变更制法。

我常说，一旦馆子谋求利益最大化，凡物料寻常而要求技高或费事费时的菜肴，一般难以生存下去。这与油爆双脆因售价高而难有人问津的道理一样。锅塌豆腐的做法并不复杂，很适合家庭烹饪，若有兴趣不妨一试，并且可以根据个人嗜好调味。同和居的锅塌鳜鱼亦是此法，出锅前浇糊葱油。

乌鱼大㸆

乌鱼俗称乌贼，即墨斗鱼。以猪油煸炒五花肉片，加酱油、酱豆腐、黄酒、葱姜，注入鸡汤，再放入乌鱼烧开，转为慢火㸆一小时以上。此菜系五芳斋厨师王文启创制。五芳斋地处东安市场北门内，属淮扬菜系小馆，小笼包、小笼蒸饺、排骨面、熏鱼面、炸春卷、炒鳝糊等皆独具风味。

番茄腰柳

番茄腰柳是京式馆子润明楼的特色菜。做法是猪里脊或通脊肉一面横切，另一面斜刀，两面均至中点，裹白面油炸至熟，捞出切片码盘，另以黄瓜、玉兰片、火腿小丁与番茄酱、黄酒、糖、醋、盐、鸡汤勾汁，浇在肉片上。

以前润明楼在东安市场北门内“东来顺”的东边，开办之初被食客归入二荦铺之列。唐鲁孙《吃在北平》说：“虽然楼上楼下也有几十号雅座，可是仍然只能列入小馆之流。整桌的菜他家也能做，可是总觉得有点儿婢学夫人，小家子气，气魄不够。但以鸡丝拉皮来说，东兴楼的拉皮已经算不错了，可是比起润明楼的拉皮来，就分出好坏了。先说他家所用的粉皮，是自家动手来做，不像别家到粉房去买现成的。如果您点个鸡丝拉皮，关照堂倌一声要削薄剁窄；您瞧吧，端上真正晶莹透明浑然如玉，吃到嘴里滑溜之中还带着有点劲道。内地各省的吃食，台湾现在大概都会做齐了，可是直到如今，还没吃过一份像样的拉皮。”

馆子只要能在激烈竞争中得以生存发展，被社会认可，一定在厨艺与服务方面下了功夫。菜肴味道是个变数，炒菜人在变，食客也在变。即便同一人的口味也是即时的，而非终生固定不变。吃某个馆子，起初不觉得好，过段时间再吃，也许变得不错，反之亦然。一代人自有一代人的价值取向。润明楼后来办得还是不错的，除番茄腰柳外，用鸡肉、海参、口磨、玉兰片、叉烧肉小丁烩制的五末羹也算有特色。润明楼歇业后，东安门大街路南的该店分号春元楼延续了这道菜。再如价廉的砂锅翅根，足以满足平民食珍的欲望。翅根即鲨鱼鳍连肉的部位，是鱼翅的下脚料，妙在肉厚紧实富有弹性，颇似鱼唇。亦有整碎之分，碎的更为便宜。

两吃大虾

一虾两吃，虾要够大，一斤五六个头的最好。虾从中间剁开，前段油焖，后段去皮保留虾尾，将虾肉片开填入虾茸等预制料，沾上面包糠油炸。然后两段拼于盘中，半段红亮，半段焦黄，惹人喜爱。北京的淮扬、鲁菜许多馆子皆做此菜，不过各家繁简不同。相比之下，森隆饭庄做的比较有特点。

森隆地处东安市场北门西侧，20世纪20年代开张。一层稻香春主营南货食品；二楼经营英法式西餐，后又增添日本菜；三层中餐，以淮扬菜为主，兼营川菜与素菜。菜品有三丝鱼翅、红扒鲍鱼、干烧大虾、两吃大虾、松鼠黄鱼、炒鳝糊、冬菜鸭、奶油鲫鱼等，冬菜包、四方角、火腿萝卜丝饼、酥盒子等亦是风味特色小吃。时人谓森隆的西餐是中式西餐，唯其如此，方能深受欢迎。不要说食客多无外国生活经历，即便有，已铸就的中国饮食习惯也难改变。森隆的两吃大虾似受西法浸染，后半段颇似炸虾排。

金钱虾饼

金钱虾饼是康乐餐厅常静女士擅长菜肴，厨艺细致，极富特色。做法是将经过调味的虾泥分别按在去蒂冬菇的表面，上锅蒸制码盘，调味勾汁浇上。前面讲康乐在公私合营以后搬至椿树胡同，“文革”中一度与萃华楼、华侨大厦内的大同酒家合并，改称广东餐厅。不久又分离出来，在王府井大街商务印书馆北边继续营业，后又挪到安定门内大街南段路西。如今则不知去向。

改革开放以后，政府职能转变，北京原有的管理饭店的服务局与各区的饮食服务公司取消。在此变革之际，西城的做法值得称道，成立华天公司，将老字号饭店聚拢旗下，如今仍生意红火。东城则工作失职，任由老字号消亡。不必追寻过远，就是公私合营撤并保留的老字号饭店也已所剩无几，消失的诸如五芳斋、森隆饭庄、萃华楼、春元楼、吉士林西餐、和平西餐、闽江春、广东菜馆、蜀乡餐厅、青海餐厅、上海小吃店、湘蜀餐厅（东安市场改建后由湘菜奇珍阁与川菜峨嵋食堂合并而成），等等。

三道普通川菜的启示

鱼香肉丝时下极为流行，已然超出川菜范畴，制法也是八仙过海，各显其能。所谓鱼香，就是用做鱼的葱、姜、蒜、白糖、醋、料酒、辣椒等佐料炒肉丝。现在四川郫县辣酱可谓通吃天下，不管什么馆子，似乎沾辣的菜就要添之。传统的鱼香肉丝，配冬笋或玉兰片丝与几片木耳，既然称肉丝，主料应是肉丝，不能喧宾夺主。像现在又是胡萝卜丝，又是辣椒丝，又是土豆丝等，只见菜丝难见肉丝，一大盘黏乎乎、红乎乎、甜乎乎，浮着一层红油，真的让人视之即腻，难以下咽。

鱼香肉丝不一定非加辣酱不可，特别是蚕豆制作的郫县辣酱。前门外有家力力餐厅，初办时起名劳动食堂。郭沫若以为过于直白，取“劳动”二字皆含“力”字，改名力力。记得多年前在此吃过鱼香牛肉丝，极为地道，用的是潼川香油豆瓣辣酱，另加些辣椒。

宫保鸡丁同样如此，专营的名店如今已研制出批量生产的调味稠汁，操作时，鸡丁、炸或烤过的花生米、桃仁之类的干果加调味汁马上出锅，快捷迅速，很符合旅游快餐需要。这种接近工业化标准生产的菜肴不会难吃，也不会多好吃，只不过失去了菜肴个性。

宫保鸡丁相传是清朝丁宝桢发明的。丁字稚璜，贵州平远人，咸丰三年（1853年）进士，曾在山东做官多年，从布政使做到巡抚，后升任四川总督。据说其人好食花生与鸡肉，因之，鲁菜的酱爆鸡丁正可以投其所好。从山东到四川，四川的饮食风味更接近丁的家乡贵州，多是香辣、油辣、糊辣、酸辣、麻辣、蒜辣。酱爆鸡丁入乡随俗，得以改造。酱爆鸡丁与宫保鸡丁相比，用料相同，前期处理相同，只是烹炒时佐料不同。任何菜肴离乡到异地生根发芽，一定入境问其禁，入乡随其俗。犹如今日外国的中餐馆，怎么吃也不是纯正的中国味道。西餐进入中国也是如此。菜肴异地能够保持原味的，一定是存在特殊的需求群体。

宫保是高级官员的荣誉职衔。清朝以太师、太傅、太保为“三公”，用于正一品官员的加衔；以少师、少傅、少保为“三孤”，以太子太师、太子太傅、太子太保为“三师”，两者皆用于从一品官员的加衔；以太子少师、太子少傅、太子少保为“三少”，用于正二品官员的加衔。上述职衔或在官员生前封授，或在身后赠予。清朝自康熙废太子之后就不再明立太子，但保留了太子的属官，太子又称东宫，故俗称太子太保为“宫保”。丁宝桢治蜀十年，光绪十一年（1885年）逝于任所，谥“文诚”，赠太子太保。由此看来，宫保鸡丁得名在丁氏过世以后。

传统的宫保鸡丁至少存在两种做法，一种四川的，另一种山东的。无论哪一种，都不用郫县辣酱。川式的用葱段、姜蒜片、干辣椒、花椒、酱油、醋、盐、砂糖、黄酒等调味烹炒。以前在西单商场内峨嵋酒家与绒线胡同四川饭店等川菜馆吃的宫保鸡丁呈浅酱色，不像现在这样红、这样甜。鲁式的与川式的差不多，只是不用花椒，鸡丁上浆时加酱油。烹炒时辣椒段炸焦先捞出备用，待菜出锅之际回放。另有一种一勺烩的做法，省略了鸡丁先过油程序，只有花生米需预先炸好。鸡丁上浆后，温油下锅煸炒，变色后直接投入佐料颠炒，随之加花生米，点明油出锅。这一方法需要厨师的经验与稍高的手艺，现在习惯了准工业化标准操作的厨师是难以完成的。

干煸牛肉丝，我比较怀念这道菜，曾在四川饭店（1959 年开办）与力力餐厅吃过多次，现在的川菜馆再难见到此菜。其实干煸牛肉丝既非名贵，也非厨艺复杂，主要是费时。花椒炝锅，放入牛里脊丝或牛腿肉丝煸炒至水分基本脱干，加黄酒、干辣椒、姜蒜片、潼川豆瓣，将牛肉煸酥，随之加芹菜丝与糖盐少许继续翻炒，芹菜断生后出锅。这道菜吃的就是齿感。

几年前，有朋友请吃一处不错的川菜馆，见菜谱上有干煸牛肉丝，自然要点上。端上来一尝，我就对服务员说，这个菜不是煸出来的而是炸出来的。他说您怎么能知道？我说炸东西脱水快，煸东西脱水慢，牛肉不是细丝，煸时里边多少能够锁住些水分，吃起来不至于过硬。若是干煸没有几分钟恐怕难以达标。为什么要舍煸而用炸？无非是为了省时间。

时下可以说川菜风头正劲，通吃各菜系。这是越来越多的人无辣不食的结果。当代社会物欲膨胀，竞争激烈，人难免心绪不宁、寝食难安。食欲下降就要寻求刺激方法，酸甜苦咸、清淡醇厚皆难奏效，只有辣可以立竿见影。辣本不是味道，而是口舌、胃的灼热刺痛感，因痛而欲进食。

辣椒原产于拉丁美洲，先传至欧洲，16 世纪末传入中国。有一种说法是传教士带来的种子。明万历十九年（1591 年）高濂所著《草花谱》谓之“番椒”。长江下游区域首先种植辣椒，食用辣椒，却没有在本地形成食辣习惯，反而通过长江逆流而上传遍西南各省，成为当地人餐桌上不可或缺的食物。辣椒与川菜结缘的时间应该是清乾隆以后的事，乾隆年间四川罗江人李化楠所著食谱性质的《醒园录》里，不见辣椒踪迹，所述的辣基本上是芥辣。譬如卷下“甜辣菜法”：“用白菜帮带心叶一并切寸许长，下饭篱，俟水将滚有声时候落去一抄，取

《醒园录》［清］李化楠　著

起晾干。用好米醋和白糖加细姜丝、花椒、芥茉、麻油少许调匀，倾入菜内，拌匀装入坛。三四天可吃，甚美。”《醒园录》不可视为纯粹的川菜谱，而是川人饮食习惯对江浙、直隶等地厨艺的融合。

明末清初四川遭遇三十余年战乱，人口急剧下降。嘉庆《四川通志·食货志》谓：“蜀自汉唐以来，生齿颇繁，烟火相望。及明末兵燹之后，丁口稀若晨星。”清初人口登记降至六十余万，政府鼓励向四川移民，自康熙十年（1671 年）至乾隆四十一年（1776 年）进行了百余年的湖广填四川移民大迁徙。到嘉庆年间，四川流入人口达到四百余万。农业大规模移民必带来当地种植结构的变化，移民与土著的食物结构及饮食习惯经过多年碰撞融合，形成新的风格。这与明初政府主导的山西一地向河南、河北、山东、安徽、江苏等多地大规模移民不同，湖广填四川是两湖、两广、两江、福建等多地集中向四川一地移民。当代四川人追寻祖籍，十之八九在乾隆以前不是本地人。

川菜至少存在上河帮的成都菜，小河帮的盐帮菜、宜宾菜、泸州菜与内江菜，下河帮的重庆菜等三大厨帮派系，如今又添上了眉山菜。川菜无论哪派皆是麻辣特色突出，但也不是唯一。川菜厨艺杂糅多地技法，食材选取广泛，口味浓香厚重，麻辣并重，可谓移民的熔炉铸就的新民口味。川味是四方之味的融合，饮食文化基因的多样性使之反哺四方通吃天下，也在情理之中。

毋庸讳言，麻辣是提高食欲的妙方，同时也损害了味觉分辨率。若想尝尽百味，还是不要逢食必辣，比较容易体会到各类菜肴的原味。

饭局礼数杂说

请客吃饭存在吃堂口与吃灶上之分。吃堂口要的是做足脸面与场面，吃灶上则是看重手艺。唐鲁孙《中国吃》里写道：

> 吃堂口，那就是堂倌伺候殷勤周到，处处给主

顾省钱做面子。您进饭馆一入座，堂倌一看您同来的朋友，有几位生脸色，再一听是外路口音，您一点菜又是价码高的场面菜，堂倌就明白今天请的是什么样的客，是什么样的目的啦。一方面替您出主意，一方面往外报柜上今天准备的时鲜菜。等菜点得差不多，堂倌又开口了，柜上还有两个敬菜，大概也够吃啦，如果不够再找补，要是叫太多吃不了也糟蹋。堂倌这么一说，客人觉得柜上一定跟主人有交情，主人平素出手一定很大方，做主人也觉得脸上有光彩，既省钱又有排场。等一上菜，堂倌先上敬菜，一定都是时鲜拿手名菜，还要报出一声是柜上做的，当然等算账上的时候，主人心里有数，除了把菜价算到小账里，还得老尺加二。可是吃完之后，客人吃得其味醰醰，主人面子十足，堂倌身受其惠，真是三方面皆大欢喜。

应邀出席饭局，当主人说“想吃什么随意点”，十之八九只是一句客气话，千万别当真。当然不排除主人确实是真心实意，即便如此，也不能把社交友情当成个人解馋良机。传统的吃请规矩是谁做东谁做主。前些年，听人解释老北京话“盖了帽了”的由来，说是源于请客吃饭，当主人礼让来宾各位点菜时，要紧的宾客点出首菜后，其他人再点的菜都不能超出这一标准。首菜犹如戴帽罩住其他菜肴，故称“盖了帽了”。

实际上，过去凡是有些教养的吃请之人，即使主人礼让也不会点菜。客随主便与主随客便两者相映成趣，前者遵从主人安排，后者尊重客人习惯。倘如某人相信了主人的客套，点菜无论高低皆可陷主人于尴尬境地。高了难免超出主人消费意愿与支付能力，可能发生钱不够的情况；低了主人面上无光，不免觉得是在羞辱自己。

平民请客吃小馆或关系极熟的朋友之间，可以在礼让后点菜。小馆菜单简约价廉，撑死点个肘子或整鸡，总价也不会贵多少；极熟的朋友彼此了解，点上一两个常吃的菜倒也无伤大雅。

其实，“盖了帽了”与聚会饭局毫无关系，只是一句荤话，与这些年流行的“哇塞”一样，指的是性快乐，借喻惊奇、绝佳与中意之事。“帽”本应写作“冒”。

当代衣食不愁，吃馆子乃家常便饭。改革开放以前并非如此，常吃馆子只是极少数人专利。我年轻时经常听人说“我得攒钱吃顿烤鸭去”。昔日吃顿烤鸭，能显摆很长时间。现在烤鸭已变成家常菜，没吃过倒成稀奇之事。近二十年来，食道世风巨变犹如天壤。过去盼望能吃上馆子，特别是名馆；劳烦他人为自家办事，常以吃顿馆子相求或回报，可见吃馆子尤其是名馆在人们心目中的地位。如今颠倒过来，若要请客吃饭，人家能出席则是很大的面子。

公东聚餐可以点自己爱吃的菜。公东即前面讲过的AA制聚会。如果谁好吃，民国年间的“食会”经验可以借鉴。一个人的美食品尝之旅毕竟孤单，一回吃不了几种，于是拉上志趣相投的十个人，譬如每人一年出资两三千元，定下双周或月餐例聚。因为自己出了资，所以可以点一两个菜。食会的日期固定，倘因故不能出席，不能退钱，但可以派人代替出席。

多人聚会座位不宜过于拥挤，十人圆桌围坐上十几位，彼此之间不得不随时腾挪避让，很是破坏就餐心情。中国菜肴油大，汤汁丰富，上菜时难免撒汤漏水，餐桌围得水泄不通，极易发生不愉快事件。传统宴集留出一位，作为上菜通道，俗称菜口，很值得当代聚餐借鉴。宴会文化是一大套东西的组合，就餐舒适度与美食、美器同样重要，保证座位之间宽松，得以让人挥洒自如。

就餐不要起身夹菜，碰到爱吃的菜也不要紧夹，更不能乱翻搜寻。越过中央汤品夹菜，俗称夹过河菜，也是不礼貌行为。当代餐桌转台的大量使用很好地解决了类似问题，但转桌时需顾及他人。

近些年来，一些好谈美食之人一天到晚摆出祖师爷的架势，“正宗”“规矩”不离口，仿佛唯一标准握在他手中可以肆意评判似的。前些日子一篇报道讲老北京的饮食规矩，竟然说喝面茶绝不能用勺。这算什么规矩？顶大只能算作习惯。面茶自问世以来就预备勺，用不用是个人的选择，与规矩无关。

凡言规矩多少带些强制性，违反者必遭制止、批评乃至惩罚。譬如无论在家还是在外面吃饭都不要敲盘碗，这才是吃饭需要遵守的规矩。敲碗是乞丐要饭遭拒而表现的泄愤行为，因之，被食礼视为餐桌上的大忌。敲盘碗若发生在饭馆里则是找茬打架的意思。梁实秋《雅舍谈吃》说："幼时侍先君饮于东兴楼，因上菜稍慢，我用牙箸在盘碗的沿上轻轻敲了叮当两响，先君急止我曰：'千万不可敲盘碗作响，这是外乡客粗卤的表现。你可以高声喊人，但是敲盘碗表示你要掀桌子。'"敲盘碗多是少不更事的儿童行为，很少发生在成年人身上。再如，社会普遍忌讳将筷子插在饭碗中，若是被知礼的人看见都要责令改正。之所以如此，乃是人死之后，灵前安放的倒头饭是一碗米饭上插三根带绒球的秫秸棍。很多家庭常用筷子代替秫秸棍。

无论古今，饭店经营总会出现欺瞒食客现象。当代许多回忆旧时饭庄的文章多少有些理想化。从厨艺上看，并非所有名馆的厨师都技法精良，名厨毕竟极少，能否吃上他炒的菜完全要看机缘。从服务上看，表面上一团和气，一张笑脸，内里却是看人下菜碟。饭店最欢迎不怕花钱的外行，从中做些手脚，不容易被发现。譬如食材以次充好，包桌宴会撤下的未动过筷的菜品转而上桌，等等。爱恨交加的是有钱好吃的内行，对这样的人群，跑堂的与厨师都比较小心，唯恐伺候不好，丢失了客源。杀熟亦在所难免，一般选择性情温和、讲情面的熟客下手。

食道者，世风也

日常饮食如何，反映的是阶层生存状态。首先是吃上吃饱，其次是吃好，再次是随心所欲花样翻新。历史上如果不存在长期的、普遍的、经常性的吃喝窘境，就不会形成吃喝公关与炫耀身份的饮食文化传统。酒足饭饱历来令人称羡。流行已久的问候语“吃了吗？”折射出对吃不上的恐慌。

昔日农业社会，国民经济结构围绕吃饭主题组合发展。食道者，世风也。对于经常遭受饥饿威胁的群体，生命过程基本投在了生命延续上，平日生活必是能省则省，物尽其用。而对于官场，食道则是政治清明与否的晴雨表。

中国至今没有彻底逃出人情社会的窠臼，古人的血缘意识、地缘意识更为浓重。譬如旧日官场存在许多师生之谊、年谊、乡谊、姻谊等关系，官员之间联络感情最常见方式莫过于饭局。恽毓鼎《澄斋日记》多次记载他任京职以来官场上吃喝应酬享乐之风的严重，光绪三十一年（1905年）三月初七日记道："自去冬至今，会无谓之客，赴无谓之局，终日征逐，身心俱疲，求六时静坐看书而不可得，以致胸怀扰攘，往往夜不能寐。"光绪三十四年（1908年）二月初一的日记写道："时事日非，而京朝官车马衣服，酒食征逐，日繁日侈。"官员似乎每天都是在应酬饭局中度过的。这种"费光阴，耗精神"的人情应酬聚会，耗费了官员主要精力，耽误了朝廷政事。在一片声色犬马、纵情享受与结交应酬的气氛中，大清江山很快走向崩溃。

清朝制度虽然禁止公款吃喝，但在豪奢竞逐攀比之下，官员必然要利用职权巧立名目转嫁担负，从而损害公共利益。清汪辉祖《学治续说·常例应酬不宜独减》谓："凡有陋规之处，必多应酬。取之于民，用之于官，谚所谓'以公济公，非实宦橐'也。历久相沿，已成常例。"汪在乾隆年间多年游幕，后中进士任职湖南，对官场习俗了如指掌。"取之于民，用之于官"可谓入木三分，极为准确深刻。

只有民族整体长期处于吃喝不易状态，宴会尤其豪宴才可能成为公关不可或缺的手段与身份等级的象征。如此饮食便离开了生命延续之本意，实际上是民族的悲哀，饮食文化的耻辱。

当代中国经过改革开放，已经彻底告别食物短缺时代。近些年来，街面上再难听到“吃了吗？”的问候。可是，吃喝公关、炫耀传统未见没落，反倒愈演愈烈。也许出于对饥饿的报复与找补美食缺失的冲动，无论什么性质的宴会饭局，都是办得越丰盛越高档，越彰显主办者身份不同一般。即使曾经饥饿，养就勤俭持家习惯的人，一旦请客吃饭也是冰火两重天，必要撑足面子，点菜多多益善，仿佛不过剩就不足以显示待客诚心大方。

国人的面子观念根深蒂固。期待社会地位提升，常常会选择外显性消费，挥金如土，借此积累个人声望。这就是加拿大社会学家戈夫曼（Erving Goffman）所说的日常生活中的自我呈现，在与他人互动过程中，不惜斥巨资创建或维系自身期望的理想形象。

我们的地球容不下人类日益膨胀的欲望，没有取之不尽用之不竭的资源与物种。中国的人均资源状况更为严峻，以最基本的耕地与水资源为例，耕地人均不足 1.5 亩，不到世界均数 5.5 亩的三分之一，人均水资源量仅为世界均数的四分之一。虽经过几十年努力，目前仍有一千多万贫困人口。可是餐桌上浪费的一年食物总量可够五千万人一年食用。如此暴殄天物让人痛心疾首，真可谓“吃饱了撑的”忘乎所以。

美味体验由己

拒绝珍奇、拒绝豪奢、拒绝浪费不等于拒绝美食美味。当代健康养生观念与美食之间存在冲突。凡是好吃的菜肴，大都高胆固醇，譬如炸制食品深受喜爱，却对身体有害。选择健康还是选择美味，两难之间全由自己。其实，一个极富毅力的人即使完全听从健康专家指示生活，也会衰老，也不见得长寿。

人类生命延续绝非营养配比食用那样简单，口感、齿感、味觉是不容忽略的，否则就失去情趣快乐。当代水电气入户，让家庭生活负担大大减轻。我想如果营养配比食物可以完全解决生命延续问题，那么事情就简单了，可以根据不同年龄、性别，研制出营养一号、二号、三号之类的稠液，通过管道入户，到饭点按需选择几号食用，倘若如此，显见省事省力，也不必再为厨余垃圾的处理而发愁。这真的十分奇妙，却背离人类本性，让牙齿、味蕾变得多余，味道乐趣荡然无存，博大悠久的饮食文化也灰飞烟灭。其实类似的设想不是没实验过，只不过结果很失败。20 世纪 60 年代，苏联与美国前后登月，为宇航员预备的太空食品都是按身体需要计量配比，做成稠糊牙膏形态，食用时挤入口中。结果宇航员吃得头昏脑涨，丧失工作兴趣，此后便改成了煎牛排之类的菜肴。包括现在中国宇航员，也是配备酱爆鸡丁、宫保鸡丁等。

诸位若好吃，想练成个吃主，那就按时下有些名气的大小馆列个清单，挨个反复实践，肯定要花些冤枉钱。严格说，吃的其实是厨师手艺，顶级厨师是可遇而不可求的，饭店规模名气倒在其次。名馆的厨师整体水准较高，但也分头灶、二灶等级别，当代流行厨师长、国家名厨、特一级之类的称号。你吃某个馆子正好赶上差些的厨师操作，那就得自认倒霉。为什么说反复实践，熟悉一个馆子的特点吃几次是不行的。怕就怕一个馆子去的次数虽多，却赶不上馆子更换厨师、变换风味的频率。刚刚熟悉并认可了几个菜，不久再去，菜谱换了，厨师换了，甚至店主也换了。

这些年来不断有人问我哪家馆子值得去吃，几乎都被我婉拒。我推荐某家某菜地道，你去尝过认同还好，若不认同，仿佛我在欺骗或做饭托似的。虽说个人吃馆子的体验能为美食途上的后来者提供些许启迪，但是人与人之间的口味习惯是不一样的，味道由己，好恶自知，常常非语言所能尽述。

这些年要说也没少吃，高低贵贱、传统新派都有。如今的高档饭店专门在食外下功夫，厅堂装修豪华；餐具精致，几乎要舍弃圆盘，代之以色彩斑斓奇形怪状的盘子；服务员统一着装，服务殷勤。唯独厨艺常常不能与之匹配。

俗语讲美食需美景、美器。美景美器赏心悦目，食客置身于此，一定以为菜肴也像环境一样优美，期望值大大提升。饮食的核心是菜肴味道，厅堂再富丽，食器再精美，服务再热情，菜肴味道差同样枉然。豪华优雅的就餐环境吊起了食客胃口，可是菜肴上桌一动筷，环境之优美与味道之平常之间的巨大反差让人顿感失落。

异形盘大量使用，方便了在盘内添加与吃无关的造型，无非是遮掩菜肴量小、厨艺不足而张扬视觉效果的选择。异形盘破坏了餐桌面积最佳使用率，排布不了几个菜便要撤菜换盘。中餐不同于西餐分餐制，一道菜上来便可撤上一道菜，中餐撤菜按席面事先确定的搭配程序进行。譬如热炒上来，可以撤压桌凉菜，也没有大盘换小盘的习惯。换盘无异于剩菜重新上桌，有悖于中国饮食讲究原味与食礼的传统。无论饭局聚会还是家庭进餐，一向忌讳夹菜时在盘中乱翻挑拣，此举不但是对他人的亵渎，而且损害了菜肴的原味。中餐的炒菜出锅装盘上桌，食用时要靠排挨着夹，以保证佳味不流失，菜形不乱。这也是为什么给人留饭要预先拨出，而不能吃剩的道理所在。

服务也要恰如其分，绝非越殷勤越好。20 世纪 90 年代初，应邀吃过一处新开的高档粤菜馆，菜肴味道不错，如烧鹅、反沙芋头、银罗瑶柱浦等。唯独服务殷勤让人受不了，身后总站着一位红马甲，酒没喝几口便上来倒满。我说请你站得远些，有事再招呼。其实寻常请客吃饭也要讲些私密性。

昔日饭店跑堂的业务能力是今日服务员望尘莫及的，他们练就眼到、人到、话到功夫，客人不需要服务时站在远处，眼睛不断巡视，当客人一抬头看他，便立即上前。而且识人记人的功夫了得，客人进门，通过观察与简单对话，就能基本猜出食客的阶层职业与消费意愿，从而顺情区别对待，争取利润最大化。俗话讲店大欺客，客大欺店，缺乏吃馆子经验的人进大馆子不免被糊弄。好在虽是糊弄，却不十分离谱，仍在章法的边缘。吃馆子遭遇糊弄、欺瞒甚至欺诈不足为奇，吃主的本事大都是从吃亏上当中练出来的。

改革开放以来，大小饭店如雨后春笋遍布全国，服务态度可谓热情，但服务质量却不尽人意。当代饭店的服务纠纷不再是态度问题，而是服务过程是否让人舒服的问题。譬如客人进门看不出眉眼高低、消费能力与消费意愿，一味推荐高档菜，或对菜品不熟悉问之茫然；再如在就餐过程中，不能及时准确满足食客意愿，往往久唤不至或敷衍塞责。

20世纪80年代初，我搬到东四十一条居住，西口的江苏餐厅是东安市场改造迁于此地的森隆饭庄。当时一个人生活不开火，几乎天天到此吃饭，通常点的是熘肝尖或虾子豆腐或炒肚块。去过没几次，一位旧日学徒出身的老服务员就认识我了，见面就说："今儿不弄点儿新鲜的？可新添了炒蟹糊了，来个尝尝？要不还是老规矩，肝尖、豆腐？"如今的饭店服务员属于流动极快的岗位，一个馆子间隔几个月再去，就有许多新面孔。通常认为服务员无须特殊技能，是个人就能干。由于岗前缺乏培训，从业时间又短，服务员与厨房之间的关系仿佛就是端盘子进出。食客若想得到厨房信息或与厨师互动则难上加难。失去食客与厨师的互动，厨艺精准与提高就是一句空话。

口味乃身内之物，自己才是唯一的标准。讲吃就在吃上下功夫，情在吃中，吃在味中，味在心中。谁生下来不会吃？但要做到"会吃"，就不再是延续生命意义上的填饱肚子，肯定要讲些品质、特色、意蕴与场景。

记忆中好吃的东西，往往是一时之品尝，而铸就终生之怀念。饮食上的种种缺憾造就记忆中的完美与强烈。前几年一次讲座，有位老先生提问说他现在无论吃哪种猪肉也吃不出过去的香味。我说您要想好吃，还得少吃，回归到供应紧张一年吃不上几回的状态中。如今食物供应极大丰富是以牺牲品质为代价的，生物技术与化肥扭转乾坤，高产是通过养殖规模扩大、单体增重与缩短成长期实现的。因之，猪肉质感松软，缺乏弹性，吃到嘴里的口感肯定差些。即使如此，如果放到四十年前的饮食环境中，今日的养殖猪肉也必被视作美味。

偷吃觉得好吃的东西也记忆深刻。我幼时家里养猫，猫粮是煮熟猪肝剁碎拌米饭。有时猪肝没了，来不及购买再煮，便在我家胡同口的羊肉床子买些炸羊杂碎。炸羊杂碎与烧羊肉方法一样，炖煮后油炸。每逢有为猫购粮机会，只要闻听家母发话，绝对是跑上前不让别人去，而是我去。羊杂碎一毛钱给不少，买过几次之后，柜上伙计也认识我了，知道我的毛病，羊杂碎包上之前总是笑道：少爷赶紧的先吃两块。之所以如此，就是有第一次偷吃的强烈味觉记忆。杂碎肝肺肚心皆有，以肚板最有味道，其他无甚稀奇。

毋庸讳言，当代食材实现了全球大交换，物流充分快速，加上生物养殖催生下食材供应充足，让美食选择眼花缭乱，饮食已从“食而精”转向“食而博”。走出饥饿时代的国人似乎很在意吃到了什么食材，尚无暇顾及厨艺是否达标，求博而忽略了精。特别是饮食消费人群扩张下的卖方市场，厨艺绝活的传承正在走向没落。其实，精湛厨艺属于非物质文化遗产，名厨技艺若无人承继，其一生心血积累的技法心得必是人去技亡。

厨行还是要投师学艺的，在食客品评氛围中磨炼本事。厨艺提高在很大程度上取决于食客的刁钻。超出果腹意义的饮食，一定要学会拒绝与挑剔，否则惯坏了厨师与饭店老板，花了冤枉钱不说，甚至还要受到嘲笑。

美味珍品向来处于锥体顶部，随着生态资源恶化，如今已收到顶端。修复生态、保护珍奇动植物人人有责，因之，必须抑制欲望，让饮食回归生命延续的本意上，放下猎奇的味觉追求，摒弃饮宴炫富、公关的不良习俗。如此，发扬传统厨艺更显急迫，以寻常之物制出不寻常味道，远比以不寻常之物滥造寻常之味更符合现代文明生活，更能让保护生态物种与美味享受两全其美。

后 记

本书是在“食道世风四讲”讲座录音稿基础上，经过增删合并而成的。2017 年秋天就饮食话题曾连续做过四次讲座，分别是 2017 年 9 月 10 日下午在中央民族大学第一讲；9 月 16 日下午在中国人民大学第二讲；9 月 17 日下午在北京大学第三讲；9 月 23 日上午在国家图书馆第四讲。每次讲座包括听众提问环节将近三小时。

没有这四次讲座就没有本书付梓面世。因之，在此要特别鸣谢郑也夫、沈原与李楯三位老友的知遇之厚、推诚之力。两年前，是三位先生敦促接引，不惮繁琐策划安排时间场所，届时莅临主持嘉语盛推，才使讲座得以功德圆满。

汉唐阳光编辑李君占芾每次都来现场，不久根据楯兄提供的讲座录音整理成文字传来。我随后上手改定，因当初并无讲稿，往往就一话题即兴发挥，扯出很远。如此不守绳墨方式，在现场与听众面对面直接交流，并不存在理解障碍，只要把握住岔口出处，再从原口回归即可。著述则不能如此，必须条分缕析，话题单元内容紧凑，不然，容易造成阅读麻烦，让人感觉混乱而不愿读下去。因此，对讲稿做了深度的增删合并。同时对引用的史籍与著作，全部核对了原文。

李占芾先生与闫亮女史业务纯熟，在核对史籍与著作原文等诸多方面有不少很好的建议，实为本书增色不少。在此一并致谢。

李宝臣

2019年10月

图书在版编目(CIP)数据

食道世风四讲：谈吃与耳餐 / 李宝臣著 . -- 南京：江苏凤凰文艺出版社，2019.11

ISBN 978-7-5594-3182-0

Ⅰ . ①食… Ⅱ . ①李… Ⅲ . ①随笔–作品集–中国–当代 ②饮食–文化–北京 Ⅳ . ① I267.1 ② TS971.202.1

中国版本图书馆 CIP 数据核字（2019）第 008022 号

书　　名 食道世风四讲：谈吃与耳餐

著　　者 李宝臣
责任编辑 汪　旭
出版发行 江苏凤凰文艺出版社
出版社地址 南京市中央路 165 号，邮编：210009
出版社网址 http://www.jswenyi.com
印　　刷 北京玺诚印务有限公司
开　　本 880 × 1168 毫米　1/32
印　　张 7.875
字　　数 136 千字
版　　次 2019 年 11 月第 1 版　2019 年 11 月第 1 次印刷
标准书号 978-7-5594-3182-0
定　　价 48.00 元
